正是看花时节

鲍坚 著

SPM 南方传媒 | 花城出版社

中国·广州

图书在版编目（CIP）数据

正是看花时节 / 鲍坚著. -- 广州 ：花城出版社，2022.6
ISBN 978-7-5360-9654-7

Ⅰ．①正… Ⅱ．①鲍… Ⅲ．①散文集－中国－当代 Ⅳ．①I267

中国版本图书馆CIP数据核字(2022)第085517号

出 版 人：张　懿
责任编辑：林佳莹
技术编辑：薛伟民
封面设计：张年乔

书　　名	正是看花时节 ZHENGSHI KAN HUA SHIJIE
出版发行	花城出版社 （广州市环市东路水荫路11号）
经　　销	全国新华书店
印　　刷	佛山市浩文彩色印刷有限公司 （广东省佛山市南海区狮山科技工业园A区）
开　　本	880毫米×1230毫米　32开
印　　张	7.75　1插页
字　　数	70,000字
版　　次	2022年6月第1版　2022年6月第1次印刷
定　　价	48.00元

如发现印装质量问题，请直接与印刷厂联系调换。
购书热线：020-37604658　37602954
花城出版社网站：http://www.fcph.com.cn

就如今这个时节，看花最好

序一

都是真心话

我始终觉得自己不是一个真正意义上的作家，原因有两个：其一，我的写作比较随性，几乎没有时间上的紧迫感，只是在想写的时候才写，因此有时一个作品的构思往往会持续很长时间甚至若干年——这说的主要是小说；有时一个作品只需几天甚至一天半天就一气呵成——这主要说的是散文。其二，我不喜欢脱离现实的虚构，哪怕是小说也一定要基于生活和社会现实，因此我一直怀疑我的想象力是不是比较差。也许是因为这个，相比于小说，我更喜欢写散文。

散文的一个基本特质是真实。从我的散文，可以看到真实的我,其中或是真实的故事经历,或是真实的心绪感受。我写作,先追求感动自己,再争取感动读者。不过因为随性,这几年写得并不多,自第一本散文集出版之后,目前收罗一起可以出版的也就40篇左右。

我写散文不喜欢娓娓而谈,喜欢说得简洁明了。因此,我的散文多数都不长,短的几百字,长的迄今为止也就写过5000多字的,这也许与性格有关。然而性格是会发生变化的。我已过知天命之年,近两年明显感觉自己的性格变化很大——情绪上更容易感动于事物,言语上则有啰唆繁复的倾向。一想到此,就为自己担忧。容易感动不算是坏事,施之于写作中,也许情绪表达会更细腻、更感人些;担忧的是啰唆,长此以往必然会让人厌烦,也许现在就已经如此了。更有甚者,我近来突然生出写一部长篇散文作品的想法,且挥之不去,这太可怕了。

且不管它,随性吧。

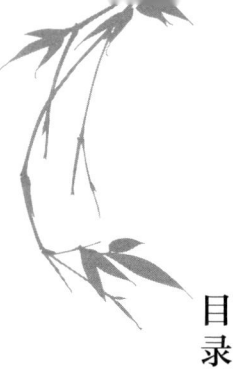

目录

四时人心

- 3 　枇杷晚翠
- 7 　琼英三叠
- 12 　曾见此花开
- 16 　短墙红杏花
- 18 　独自芳菲
- 23 　又见桐花
- 25 　旧时夏月
- 28 　相彼鸟矣
- 32 　寻鹊

36	秋晨布谷
39	车前
43	竹胎盈盘
47	日从冬至长
51	四时人心
57	杂想

他们的月亮

67	午时君子来
70	敦煌散思
77	鲍山溯源
89	山蝉的样子
93	他们的月亮

98 纸上赏雪
101 家乡的春联
107 日照老人

石品不凡

119 石品不凡
128 见云淡而知山远
132 历史的平凡点滴
137 真知足者即高人
140 闲话负暄
144 那些蜗牛
148 雅俗皆引风
152 北师大的市井

160 想道说道

170 苏辛同为宋词豪放派领袖新证

沧浪旧话

175 又见汉家少年子

182 沧浪旧话

190 思之无虞

202 闲来说个辛弃疾

211 笛声似水流千年

218 不欺

222 吉本的智见

237 后记

四时人心

枇杷晚翠

枇杷晚翠，这是中国古代著名的儿童启蒙作品《千字文》中的句子，描述的是直到秋冬时节枇杷树叶依然翠绿的自然景象。

《千字文》写于1500年前南朝的梁武帝时期，由文学大家周兴嗣从王羲之书法中选取不重复的1000个字编纂成文。将1000个不重复的字写成文理通畅并且每两句押韵的诗文，其本身就是一个了不起的成就，更何况这篇文章还高度蕴含着中国人文历史发展的道理。此文一出，其所集书法即成为时人及后人习练王羲之书法的范本，其文辞则逐渐成为幼童启蒙学习的教材。许多书法名家还把精心写就一篇《千字文》书法作品作为自己书法艺术流传后世的重要载体，流传于今时的不下十数种。

枇杷的生长条件有限，多产于南方，直到今天都不是一种大众化的水果。在古时，它如同荔枝一样为北方人所少见。因此，在惜字如金的《千字文》中写进枇杷，让人有些意外，或可理解为枇杷有幸吧。

虽然从小就常见枇杷树，但是我对枇杷晚翠的景象并无特别的记忆，印象中的枇杷树总是那个样子，春夏秋冬不分季节的深绿。印象深刻的，是它黄澄澄的果实，三五个、七八个甚至十数个一串，当然也有零散的，带着绿叶，满满地装在竹筐里。竹筐有水缸大小，为市井中常见，多用以装载米面果蔬及各种生活杂物，甚至可以坐下一个三五岁的孩童。这印象再延伸开来，与它相伴随的还有长长的巷子，已被岁月染灰的白墙，梅雨季节的绵细雨丝，斗笠蓑衣，以及叫卖声。

这种印象产生于20多年前的一个特定阶段。在这个阶段之前，枇杷虽常见却不常吃，因为家里没有买水果的生活概念和经济余力，而学做个顽童小贼与同学翻垣攀树偷摘几个青黄不定的枇杷也如那时的年华一般青涩，不值得追忆；在这个阶段之后，枇杷的美味已经难敌北方水果甚至是进口水果的诱惑，而诱惑在一定程度上是心理上的优越感和时尚心态。只有在这个阶段，天空最纯净，心灵最朴实，囊中自然也最羞涩。这时的印象，如同一幅画，一幅景象几乎相同的画。

看不清窗外是否还下着难以分辨的细雨，只是檐上滴水仍毕毕剥剥不停地打着地面和楼角的芭蕉叶。偶尔有一两串自行车铃声，还有时远时近的布谷鸟啼声。

悠然间，响起一声闽语："枇杷喽……"再响起时，声已渐远。

枇杷！枇杷！她说。

跑下楼来，雨丝如发。站在大门外，侧望长长的小巷深处，还看得见担子。

枇杷！我大声喊。挑担人停下担子回身张望，又

摘下斗笠用力甩着雨水。然后他往这边来，我们往那边去。

多少钱呢？好像不够黄呀！能便宜一点吗？

交完钱，捧着枇杷和满心的欢喜回去。再看看对方，发丝凝雨，流下面颊，却比挑担人蓑衣上滴下的雨滴温暖。

其实若问那时的枇杷其味有多美，实在是无从回味了。枇杷好吃，对我而言却难臻至甘至美的境界，只是看到她喜欢，也就觉得它应当就是甘美的。

离开家乡这些年，每到这个季节，若有南来的亲友询问需要带些什么，我总会告诉他们带些枇杷。虽然此物如今在北方也可以见到，可是总有一个情结，相信从南方带来的就是比在北方的市场上买的好吃。这个习惯也为许多亲友所熟知，因此有时他们索性就不问了，直接带来或寄来就是。而我和她见到这南来的枇杷，仍然是满心的欢喜。

再过20多年，见到枇杷我们还会这样欢喜吗？如果是，那可真是枇杷晚翠了。

琼英三叠

一

出门寻秋实。要寻的是贴梗海棠的果子。

贴梗海棠，是近些年才注意它的。在居住小区里闲逛，到春夏之交时，在花圃边上就可以看到它，心中诧异，怎么以前就没见过也不知道它呢？

回家查资料，原来它就是贴梗海棠。海棠有多种，西府海棠、垂丝海棠、贴梗海棠，这三种是我常见的名称，但就是没见过贴梗海棠的样儿。于是就知道了它，也知道了它与前两种海棠其实并不是一个类别。

如果套用水果的种属，西府海棠、垂丝海棠是属苹果的，而贴梗海棠是属木瓜的。

木瓜，可不是现时流行的水果番木瓜，它们种属也是不同，且番木瓜是外来的种，中国以前并没有它。贴梗海棠是地地道道的木瓜，这个名分古来有之。《诗经》说："投我以木瓜，报之以琼琚。"那个木瓜就是这个木瓜，全名又叫作皱皮木瓜。

于是一直就想认识这个木瓜。可是在小区找了好几年，也没找着它，今年还是如此，花倒是年年看。也许是因为与花的交情尚薄，所以与果子缘分也浅？其实也不尽然。我与它们还是有一些拐弯抹角的缘分的。

二

幼年家居闽北，那时家里衣食俱缺，日常是见不到什么水果的。不知是哪一天，家里来了一位客人，带了几颗果子来。我分得一个，不认得是什么水果，却也是欢天喜地的，想来多半是因为新鲜。

果子的长相记得不甚清楚，只依稀记得青中带黄，个儿不大。咬了几口后的样子倒是记忆至今：果肉黄白色，既硬且多渣。因为不易啃食，果子被咬得坑坑洼洼，浮渣满目。至于味道，只是酸涩，却又不完全是，因为酸涩之后，竟是甘甜。

这样一个不知名的果子，与我只有这一次的缘分，此后就再没有见到。也曾在水果店中留意过，皆无所获。但是，那种酸涩之后的甘甜却相伴至今，几十年来常有回味。有时心里就想，是什么水果，会这般惊鸿一瞥便杳无音信了呢？

然后就到了认识贴梗海棠的时候了。知道了木瓜，顺带也知道了木瓜的妹妹木桃。

木桃，何以说它是木瓜的妹妹？因为《诗经》又说："投我以木桃，报之以琼瑶。"木桃是什么种属？与贴梗海棠的木瓜一样，都是属木瓜的，因此也有个名字叫毛叶木瓜。再看看它的特征：又名楂子，质坚实，味酸涩。楂、渣是同音又同义，取名楂子，似乎就是因为它坚实酸涩、嚼之如渣。

当年的惊鸿，它照影来了。

三

《诗经》还说，木瓜、木桃还有个共同的妹妹叫木李。"投我以木李，报之以琼玖。"自然，木李也是属木瓜的了。它有个名字叫光皮木瓜。

木瓜、木桃、木李，统而言之都是木瓜。它们有何作用？都可做药材。那么《诗经》里说的，是用这些药材送礼吗？当然不是，应当是当作水果来吃的。它们的味道，不会是大众化的可口，但也不排除有喜好之人，比如我。我都能吃，古人也应当有愿意吃的吧？其实古时在江南，人们确实是把它们当作水果食用的。

姑娘送我的木瓜、木桃、木李，都是些口味一般的水果。我所回报她的琼琚、琼瑶、琼玖，也只是些漂亮的石头。琚、瑶、玖，都是身上佩戴的挂饰，它们只是貌似美玉而已。

可是呀，木瓜、木桃、木李，是姑娘亲手所摘；琼琚、琼瑶、琼玖,是我的心爱。我们赠予对方的,是我们的真心。《诗经》都知道,我们所期盼的是永相合好,"匪报也,永以为好也"。谁在乎它们好不好吃、是不是美玉呢?

曾见此花开

海棠花飘落后，春天还有花吗？

那天早晨，一阵风吹来，海棠花瓣簌簌飘落，打在我身上，又在地上翻起一阵花浪。于是我心里就这么问着。

不是伤感，只是敏感于季节的轮换，亦是珍惜岁月之意。每个季节都有让人期待之处，期待的心思却有所不同。就因为这不同，感慨便油然而生。

海棠之前，杏花、梨花、樱花、玉兰花，再早些的迎春、连翘、山桃花、榆叶梅，那些看得见的、让人春意盎然的花，都已春红谢尽。千姿百态的月季要等到夏初才开始绽放，蔷薇的妩媚则也只是在月季初放的前后之间。因此，海棠花的飘落，可看作是春的一个背影。

其实我是知道的，这个背影不是春天的最后一个，如果背影有两个、三个的话。而如果只有一个，这背影也一定不是海棠，当是另有其主。

是谁？

荼蘼。

那一年，在繁花将近、绿意渐深的时候，突然发现就在邻家门外，一片星星点点的小白花。走近细看，藤本的枝干，花与叶皆似蔷薇，只是都细小、单薄了些。尤其是那花，单瓣素颜，不似蔷薇那般妩媚娇态。回家查了查资料，方知就是传说中的荼蘼。

为什么是传说？因为只在诗中见过。

比如，有个诗句叫作"开到荼蘼花事了"，意思是，暮春的最后一点美丽结束于荼蘼花开之后。许多人都知道它是《红楼梦》里的一句话，其实《红楼梦》也是引用了宋人的诗句，它出自南宋末年诗人王淇的《春暮游小园》："一从梅粉褪残妆，涂抹新红上海棠。开到荼蘼花事了，丝丝天棘出莓墙。"

宋朝是思想与生活皆浪漫的时代，特征之一就是一唱众和，也有跟风从众的时尚。因此，以荼蘼咏暮春，王淇必定不是第一个。在他之前，欧阳修、苏轼这些文化大家，一定会说说荼蘼的。范成大、杨万里，似乎也难拒风雅。辛弃疾甚至告诫："莫折荼蘼，且留取一分春色。"宋朝的浪漫，只是它的文化自信的一个侧面。但是仅这一个侧面，就足以让后人仰望。因此，宋朝之后，元、明、清时代的人们，甚至是与它同时代的辽、金，自然不会游离于历史的时尚之外。在我们看作是古代的那些时代，荼蘼开遍人心的世界。可以想见，海棠飘零的时候，荼蘼繁华正起。

平心而论，与绝大多数春花相比，荼蘼是逊色的，它没有让人远望生羡、近观爱怜、过后回想的姿容。因此，以往的人们能够喜爱它，一定是人心中有平淡素颜的一片天地，容得春天里不太起眼的荼蘼住下。

见到荼蘼花的第二年，它依旧独自灿烂。第三年，芳影犹在。到了第四年，它不见了，消失得就如我初见它时那样突然。

就这短短的三年，我见过荼蘼花开，并且知道荼蘼花开。在其他地方，我没见过。当然，其他地方也许有，只是我没有注意到。即便是邻家的这一片荼蘼，肯定也不太引人注目。比如，当我与妻子说起它时，她也是一脸茫然。

所以我说，它是传说中的荼蘼。见过或没见过，它都是过去而不是现在。

那片被当作最后的春华、开着白色小花的荼蘼，有谁见过它了？

短墙红杏花

那是邻家的杏花,虽然种在墙外。辛弃疾的词说,"觉来村巷夕阳斜。几家,短墙红杏花",说的就是这个时节、时辰、环境、意境。

她说:"我想偷一枝回家,插在花瓶里。"

"那就偷呗。"古人诗云:"隔墙折得杏花枝。"古人也偷花。

"我不敢。"

"又不会打你骂你,怕什么?"

"不好意思。"停了停,"要不你偷?"

"我可不偷。不打女的,打男的。我不经打。"

"那让外甥来偷。他年轻,扛得住打。"

"他胆子比你还小。"

"那怎么办?"

"没办法。"

年复一年。去年,前年,前年的去年,前年的前年,家里的花瓶总是与杏花无缘。

我对杏花也有想法。却不是偷。

一天风起,杏花如雪。身边有人与我踏雪缓行,杏花舞时,她也长发飘起。当然,不是此时身边的她。此时的她只想着偷花。

我拿起手机,打开微信,发了一个大红包,再附一个留言:"求丫头一件事。"

片刻,那边领了红包,发来一个笑脸,不断点头。

"下周末回来,陪本爸看花。"

又一个开心笑脸在点头。

放下手机,继续与身边的她行走着。我们都很快乐,一个是因为梦想还在,一个是因为梦想即将成为现实。

独自芳菲

在这所寓居近两年的大学宿舍楼的一角,有一棵石榴树,我每天上下班都要经过它。

这棵石榴树,它不长在路边,它的面前还有一棵其他种类的树。在那棵树开满馥郁芬芳的春花时节,几乎看不到枝叶萌发的这棵石榴树,但是在那时我就注意到它。如今已是初夏,就更容易看到它了,因为周边一带只有它开着花。

北京初夏的花时很简单。百花过后,时令进入夏天,花时则是月季的世界。或者说,此时的北京好像满世界只剩下了月季。

月季只长在路边、房边或庭间、园间，都是视野中的浅处，触目即是而无须凝神张望。月季需要阳光，缺了阳光月季花就开得不多、不大、不盛，甚至就不开了，花树也会羸弱委顿直至死亡。因此，若将目光从月季花上移开，在视野的深处，都是绿荫。绿荫中没有月季，也没有其他的花。

不过似乎也不尽然。在绿荫的那边、楼宇的这角，在看不见月季的地方，或者即使能看见月季但目光需要超越它们的艳丽芬芳，用心地找寻，仍然可以发现另有一点点红艳。走近它们，再走近它们，走近到十几步远以内的范围。金钟簇簇，鲜红似火；清风徐来，枝枝摇曳。那一定是石榴花，开在绿荫中，开在月季不愿生长的地方。

不记得第一次见到石榴花的感觉了。似乎不太在意，因为南方的初夏如同一张织锦，三角梅、朱槿、栀子、茉莉，还有更多的树花、草花、水花、藤花，都是这张织锦上的美丽图案，让人目不暇接而难以对石榴另加青眼。也曾在传统绘画中见过石榴花，还有石榴果，端庄典雅，初时并不知道它所蕴含的多子吉祥的美好寓意，因此对它仍无深刻印象。

只是在北京，近十几年来，石榴开始让我倾心。这倾心又不仅仅是因为石榴花。

先是喜欢绿树，喜欢树荫。北方的绿树始于春天，而绿树成荫则至少要进入初夏。夏天炎热，烈日热焰，这是天的本能。人到夏天，身热心躁，这是人的本能。然而天道公平，天生绿树，荫蔽出片片清凉的世界。人若坐于其下，微风吹过，心旷神怡。这仍然是天的本能和人的本能。这本能甚至可以放大，延伸到树荫之外。有时并不一定要坐在树下，只是看到远处幽蔽的树荫，心中也能随之升起一股幽静与清凉之感。

这时，突然发现清幽之处，竟然隐藏着几多自矜的热烈。热烈来自它的红艳，点点星星而非团团丛丛，则显出它的自矜。这样的花，让人的心在汲取树荫幽凉的同时，增添了一丝暖热，却不燥。暖热而不燥与幽静而清凉交织，那是多美妙的夏天的感觉呀。如果拟人化地看待，不知是幽静而清凉的绿荫喜欢这热烈却又自矜的石榴，还是相反？或者是互相喜欢？不过在我看来，应当首先是石榴喜欢绿荫吧，因为我是先喜欢上绿荫的，虽然我并非石榴。

总之就是这样也喜欢上了石榴花。常常在经过丛林树木、从闪烁着日光的层层树叶下寻找绿荫清凉的同时，本能地寻找那些许自矜的红。一旦目光捕捉到它的芳影，只要时间、环境允许，都会心怀愉悦地欣赏它，哪怕只是短暂的一瞥。

一个从小在树绿常年、花开四季的南方长大的人，在北方生活20多年后开始喜欢上树荫继而又喜欢上石榴花，喜欢幽蔽寂静之中的那一点红艳或说是一点红艳中的幽蔽寂静，当是岁月施于人、人因应于岁月的结果吧。曾见有古人说"老来情味减"，而我则是年年有味看新晴。

两年来，我在楼角的这棵石榴树前停留过不知多少次。同样在这一带，其他的花季里的各种花前，或者

四时人心　21

就在此时的月季前,时常见到有人流连,但是印象中没有见过谁为这棵石榴树抬过头、停过步,除了我。也许主要还是因为它没有长在路边吧。

又见桐花

桐花不少见,原先并没有太强烈的印象。究其原因,或许是对桐树的外观有看法:我素来不喜欢大叶树,又兼桐树身形臃肿,不耐看。早年在北京植物园见过一棵老泡桐,枝丫垂地,暮气沉沉,我对桐树就是这样的感觉,因此它的花自然难入眼界。

因女儿高中就学之故,我于三年前在她学校对面的大学内借居。借居的第一年,直到秋风起时,才发现窗外的百步开外有一棵泡桐树……因为它金黄的树叶。自此,只要走近窗前,常常就瞥它一眼。

来年春末，开出一树桐花，粉中带紫，却不觉得醒目，在眼前匆匆而过。倒是夏风撼树时见它悠悠然然的可爱，不过最喜人的还是秋天的黄叶灿灿。第二年的春风再次吹过，桐花亮丽了些，或许是赶上春雨洗涤，天朗气清之故，至于秋色则是烂漫依然。当校园里的桃、杏、樱第三次花谢，桐花开了近一个月，自始至终的明媚。此后，因忙于女儿高考前的诸多烦琐事，随即又迁回京郊的家里，这一季的桐花竟成了大学僦居三年的最后印象。

转眼又是春来，家里家外都是春花。那天下班，开车循旧路回家，猛然见歧路两旁都是桐花，在夕阳下透着雍容，让我有些惊诧。回想起来，原来这里年年都开着桐花，只是许久不见。且那时所见，也没有这般心动。

旧时夏月

与家人聊起月亮。问：月亮是什么时候的好？我说其实不好回答。圆月明媚、弯月委婉，都让人怜爱。至于四季之月，春月是雨后的山水，偶尔让人见其真容；秋月是案头几上的清供，只可让人欣赏把玩；冬月是工笔画中的仕女，让人爱而难亲。而夏月则如六龄幼童，是与我们一起于夏夜间戏耍的玩伴。

于是说到小时候的月亮。

清粥凉面的晚饭后，不必大人嘱咐，我们一颠一簸地扛着长凳抱着竹椅来到庭间或场上，开始了每一个夏夜最快乐、最刺激的时光。趁着蝉噪的余音，一定先是成群结伙地藏觅于屋前篱外、树后草间，肆无忌惮地喧哗惊叫。夏月呢？它躲在落晖的余光下。

然后，我们带着一身汗水回到大人身边，倚在竹椅上听着他们冗长乏味的家常话，并以自己的存在为他们提供新的无聊话题。他们手中轻摇的蒲扇在月光下泛出柔和的暗光，不时为我们送来一阵清凉，或是伴随着蚊虫的飞鸣声把我们从昏昏欲睡中拍醒。

不过并非所有的夜话都那么无聊。围坐在自家哥哥或者是别人家哥哥的身边听他们讲故事，总是那么让人期盼。对面的半山上似有灯火闪烁，那是故事里的鬼魂在游荡？树影乍动，是月亮也打了个冷战吧？不知不觉中，我们的双脚已经蜷缩在凳子上了。当然，也有激动人心的故事，让我们又焕发英姿，重新出没于月色下，斗地主、打鬼子。

如果实在没有故事，也还有这一轮夏月可说，说它，说嫦娥，说玉兔，就像说小虎和他的妹妹或者小燕和她的弟弟。说着说着就对着夏月指指点点起来。

小虎、小燕就拍手笑道：哈，你敢用手指月亮，你完蛋了！那只兔子会在半夜里趁你熟睡的时候下来割掉你的耳朵的！于是，用对小虎、小燕一样的恨意斜眼瞥了瞥月亮，又带着点哭腔央求着大人回到屋里，用手护着耳朵睡去了。当然，第二天一早又会喜逐颜开地对小虎、小燕说：我的耳朵还在呢！然后又继续盼望着夜晚的月光。

我们的童年一代又一代，而月光的童年就是夏夜时光。只要每一代的我们在夏夜里继续出没于快乐刺激的户外，它一定也会在夏夜里与我们共同欢笑和惊叫。这样的夏月多好。

不过，许久不见夏月了。自从又一代的我们搬进了城市和楼房，远离了庭院和场圃，沉浸于各种电子视听娱乐的满足和功课作业的负担里，夏日的夜晚就不再快乐和刺激，只剩下孤独。

孤独，夏月它感觉到了吗？

相彼鸟矣

对面楼的人家应该是新买了笼鸟,入春以来,几乎每天清晨都能听见清晰的鸟鸣,清脆婉转,还有些娇媚。傍晚下班到家早时,也常能听见。刚听见时还与喜鹊、杜鹃、麻雀等其他鸟鸣声相杂,到后来只要它的叫声一起,其他鸟鸣似乎只成了它的陪衬。爱其声,及其鸟,心里就想着要看看它到底是什么长相。终于在一个周末上午,听得对面鸟叫声,于是简单洗漱、用餐完毕,下楼去探寻。

对面这一片林子有年岁了,因此有许多大树。仅其中一棵老柳，一个人就难以环抱。林子的年岁还有一个佐证，就是修筑于其间的六座小红楼都是民国时期的风格，曾有师范名家在此居住。林子的东北角另有一幢五层灰楼，朝南的阳台最宜放置家养的笼鸟。

到得楼前，抬头望去，四五层楼的阳台距离远，又兼树影斑驳，看不清有没有鸟笼。其实，即便看得清鸟笼，也看不清鸟影。三楼以下，笼、鸟俱无。在楼前的小道上且行且望，整幢楼各单元都是如此。不仅找不到笼与鸟，连那婉转的鸟鸣也早已停了，只剩下常听的那些鸟叫声。于是只好在楼下、周边，林子里外到处转转，想着等到期待中的鸟鸣声再起来时，过来看看到底是在哪个阳台上。看得清、看不清无所谓了，至少得看个明白，知道它住在哪儿。

远处望见那棵老柳树，在阳光下稍显明亮，就往那儿走去。一路上，槐树、枫树、泡桐树，密密遮遮，不时透出些金碧丛翠的细碎光影。树上、地上，成群的麻雀、双飞的喜鹊来来去去，叽叽喳喳、嘎嘎呷呷，间或有一两只比麻雀还小的鸟儿飞过，留下尖厉的吱吱声。两幢红楼间的草地上，一只鸽子大小的灰鸟在黄刺梅树下行走觅食。头顶上另一只灰鸟，叫两声"布谷"后，一跃而下，紧跑了几步来到它的跟前，围着它边跳跃边温柔地咕咕叫着。

猛地，右前方红楼顶上传来扑腾声，一只肥大的花喜鹊急匆匆地飞来，后边跟着一只小黑鸟。小黑鸟其实不小，比麻雀大多了，但与喜鹊相比却又小了一号。见那喜鹊一个拐弯，向上头的密叶中蹿去，小黑鸟仍是紧追不放。看看接近了，小黑鸟猛一伸嘴，往喜鹊的白肚皮上啄了一口，却啄了个空。喜鹊借此机会与小黑鸟拉开距离，飞远去了。

这小黑鸟这么凶啊，是乌鸦吗？可是乌鸦又不是这么小个，它的块头比之乌鸦，就如小巫见大巫。

眼见得小黑鸟飞向前方。我听了听，灰楼那儿没有动静。略一迟疑，往小黑鸟方向走去。方才见得它一团黑乎乎的影像，小黑鸟就扑棱棱地飞起，从眼前掠过，回到刚才打架的地方。我也跟着折回来，可是刚走了几步，它又闹腾起来，穿林破叶，远远地停在了大柳树边上的电线上。

  我铁定了心，一定要看看它到底是什么模样。再转回去，隔着草地，我站在这头，它站在那头。它虽然一身乌黑，嘴却是黄色的，眼睛边上好像也有些黄色。我这么琢磨着它，它似乎也在瞪着我。

  我又若无其事地，一步一晃地绕过草地，来到柳树下离它更近的侧面。果然，它有个眼圈，也是金黄色。被眼圈衬托，圆鼓鼓的眼睛斜瞪过来，更显凶恶。瞪了一会儿，它一伸翅膀，飞向天空，落在了柳树的最高处。落脚之处，枝叶飘摇。

  灰楼方向，依然空寂，而我已经尽兴，不想再找了。于是举步还家。路过花坛，月季正含苞；将要进入柏树林下，那里有成片的二月兰。

  就在此时，身后传来了清脆婉转的娇媚声。

  我回过身，循声望去，只见柳梢头上阳光灿灿，是那只小黑鸟在曼声歌唱。

寻鹊

我沿着楼边的小道一路往南走,去寻找那两只花喜鹊。它们好久没有露面了。我只有在周末时才有机会看到它们。

上一次与这两只喜鹊照面还是在三周前。它们的窝巢筑在离我家也就十几米远的梧桐树梢,因此时常可见它们在窗前飞来掠去。那个周末,我与家人坐在树下乘凉,听到奇怪的叫声,一会儿似母鸡快乐的"咯咯",一会儿似鸡雏受惊的"啾啾",一会儿又变成了"咔嗒咔嗒",我说是不是来了新鸟儿了,于是起身往外找寻。就见到其中一只喜鹊，蹲在眼前一棵梧桐树的半树腰枝上，在那儿自娱自乐地乱叫，没见到另一只，只听到"嘎嘎"声。怕惊着它，我停住了脚步，但是它已经看见我。不过倒也没显出怎么害怕，又简短地"咯咯"了两声，才往"嘎嘎"处飞去。自那以后到今天，就一直没再见着。

打小就听说喜鹊有灵气，这听说的来源主要是我的母亲。母亲说，喜鹊一叫，就有客人到。小时家境拮据，养活自家人都费力，最怕客人不请自来。因此一见有喜鹊在门前叫唤，母亲就气恼，骂那喜鹊："叫什么叫，讨厌！"讨厌归讨厌，印象中喜鹊就有了灵气。

后来读敦煌曲子词，读到一首《鹊踏枝》，其中有句道："叵耐灵鹊多谩语，送喜何曾有凭据。几度飞来活捉取，锁上金笼休共语。"读罢，心中同情的倒是这好心报喜的喜鹊，而不是那位欲他征夫早归来的怨妇了。对喜鹊的灵气，也因此有了一些喜爱。

到北京工作后，几经迁居，最后定居在近郊。郊外人少树多，又兼门户接地，于是常见喜鹊往来。几番印证，感觉它们真有些灵气。朋友来访时总见到数只喜鹊在门前，树上树下地"嘎嘎"叫唤。当然也有客来它们不来、它们来客不来的时候，只是客不来时没有在意它们来不来，客来它们也来时就在意了。客与鹊皆来，让人心生喜气，连母亲也早都不骂它们了，常常与我们一起在窗前看它们玩耍。不只我们一家喜欢，做客的朋友们也喜欢。开春时一位友人来访，刚落座就见两只喜鹊在树上打闹——就是家居邻巢让我今天要去找寻的那两只。友人欢喜非常，掏出手机照个不停，还问："它们在干吗呢？"我笑答："本在负暄，现又报喜。"

喜鹊的灵气不只是报喜，还报恩、报怨，当然这主要是听说来的。曾见过媒体报道，说某处有喜鹊受伤、受困后被人保护，于是与人和谐成为朋友。也听说过另一种故事，说是小鹊被人类侵害后，喜鹊父母甚至喜鹊家族为报仇而群起攻之。这些都是别人说的，而我确实见过喜鹊报怨的真事。

那是在大约三年前的冬天，两只喜鹊与一只白猫结仇。只要那只猫出现，总能见到两只喜鹊紧追不舍。或者说，只要见到两只喜鹊在离地不高的枝上墙头朝某处俯视怒鸣，几乎可以断定下边的草树丛中一定可以看见藏头露尾的那只猫。小区里的猫和喜鹊并非只有它们，可是只有它们相互仇视。岂不怪耶？

就这两只喜鹊，老长时间不来，莫非有什么变故？前几周又听见有远邻家的院子里传出刺耳的鸟唳声，莫非是谁家私养了猛禽，对喜鹊有所不利？

边走边想。走到一座楼前，一棵大树上，从密叶遮蔽的半腰，传来"咔嗒咔嗒"的怪叫，然后是"咯咯"声。循声望去，隐约看见它悠然自得地坐在那儿。

我道："哈，你怎么跑到这儿来啦！"又怕别人听见了笑话，没敢大声。

它没理我，或许是没看见。远处又传来一阵"嘎嘎"。

于是我转头回家。又想起，家中许久没有来客，难怪这喜鹊也不来了。

秋晨布谷

刚进停车场的入口，我立即踩住车。两只布谷鸟正在地上行走觅食。

我想我认识它们。还在夏天时，就在这个地方，在这一片松树林的上方，我听到了"布谷——布谷"的叫声。那是我听到的离我最近的布谷鸟声。

其实从春天开始，我就听到布谷鸟啼，但那啼声总是离得很远，在远处的大树上，或者是大楼的顶部。总是只有一只布谷鸟在叫，因此我相信这里只有一只布谷鸟。于是，我不断地在树梢上或楼顶上寻找孤独的它，不只是因为它的啼声总让我想起家乡烟雨蒙蒙，树叶新绿的童年时光，还因为我有些天真地想用目光与它略作陪伴。多数时候我找不到它，偶尔才有远远地看见或者是似乎看见的时候，看见一只鸟独自栖息着，同时传来"布谷——布谷"的啼声，那应该就是它吧。

后来在盛夏的一个清晨，我停下车，在松树林间习惯地轻轻拽住一枝下垂的松枝，闻了闻它的清香。就在这时，我听到了头顶上清晰的"布谷——布谷"。我悄悄地抬起头，看到了密叶疏枝间的那只布谷鸟，它在枝上跳跃。又是一声"布谷——布谷"。不对，怎么不是它在叫呢？哈，原来是两只呀。另一只，在它的对面。

我满心愉悦地看着它们。一只不停地啼叫，另一只则始终沉默。啼叫和沉默的同时，都在轻轻地走动或跳跃着。可是噗的一声，不叫的那只飞走了，飞向楼顶。于是，另一只也噗的一声飞走了，飞往的却是另一方向的高大的杨树。我走向办公楼，同时又听到了孤独的布谷声。

今天，今天早晨，在这一片松树林下，两只布谷鸟在一起行走觅食。一只走得矫健，每走一步它的头就快速地前后移动着；另一只走得沉稳，却有些像鸭子似的迈着不明显的八字步。它们并不害怕几米外刚刚为它们停下的庞然大物，它们悠然地走走停停。

猛然闯来一辆自行车，不在意地从两只布谷鸟身边飞速驶过，一路惊起麻雀纷飞。再看两只布谷鸟，已经不知去处。

我从车上下来，望了望四周，仍不见布谷鸟踪影。不过，在它们刚才觅食之处，我看见一地的秋日阳光，细碎疏落但让我感到温暖。

车前

进入夏天，走在带土的大路小路上，就能看见许多车前草了。

车前草在夏天之前就已经长出叶子，因此应当在春天时就能看见它。但是春天时的车前草我没看见过，我看见的是夏天的车前草，因为父亲是在那个时节告诉我它的样子的。那时的车前草，长着成熟的椭圆形叶子，叶的边缘有齿，草芯是几条长长的黄褐色的穗。它的这个样子一直保持到冬天枯萎，不断地为人马所践踏，或者还在盛夏时就被人采去。这个样子之前的车前草，一定是叶嫩花美，但是我始终没见过，至今不知道是什么长相。

父亲对我和哥哥说，我带你们去拔车前草，熬水喝。于是我们欢天喜地跟着去了，在土石铺成被踩得硬实的路上，拔了一篮子的车前草，我就记住了这个样子的它。而父亲一辈子也就教我认过车前草。为什么在这个时节喝车前草的水呢？我忘了，似乎与消暑利尿有关。

我也因此一直以为，车前草就是用来在夏天熬水喝的。直到后来，读到了《诗经》里的《芣苢》一诗，才逐渐知道关于车前草的知识天地有多宽。

"采采芣苢，薄言采之。采采芣苢，薄言有之。"芣苢，或许是车前草最古典的名字吧。还有，车前草原来是可以吃的，在它们幼嫩的时期。

芣苢二字相当冷僻，因此记住它们的读音颇有些困难。正确的读法，音同"福以"。可是过一阵我就把它们的读音给忘了。忘了再记，记了又忘。然后，为了加深印象，就查车前草或者称作芣苢的资料，印象果然就深刻多了。

　　苤苢有多个与它一样偏冷但让人印象深刻的古名，如当道、马舄、牛遗。车前草之所以被称作车前，是因为在道路上常见，似乎总生长在车轮前方，故有此名，当道之意也是如此。舄，就是鞋；遗，则是脚印。马舄、牛遗，意指牛马走过的足迹，以它们为草名，仍然取的是车前草好生于道的意思。如果这些还不足以让人记住苤苢的读音，那么还有更深刻的。大名鼎鼎的庄子老先生，用他天马行空的文字在著作里提到了车前草这种本不值得一提的植物，并把它称作陵舄，这很有意思。

　　如此总算勉强记住了苤苢的读音。然而久不使用，还是要忘记的。怎么办？于是又从类似反证的方法记起。偶见有些人把苤与芣、苢与苣混淆使用，那就厘正它们的不同。苤今音读"撇"，苤蓝是一种球茎蔬菜，对此我是知道的；苣读"举"，是古来的地名，我知道至少在山东有一处以苣为名的地方，至于其他地方是否还有苣地就不得而知了，但不排除其可能性，因为古时贵族携地名迁徙的情况是存在的。芣苢呢，是读"福以"，它与苤苢的"撇举"读音完全不同；芣苢是一个名词，苤苢则是两个不相干的字生拉硬扯的组合。可是，芣苢、"福以"与苤苢、"撇举"还是没有什么关联啊，如何帮助记忆呢？奇怪，真就这么记住"福以"了，就如同此前断续几年间没有记住"福以"一样奇怪。

记是记住了，只是在路上见到它时，仍然把它称作车前草，而它也一定是那个样子。如果不见实物，只要听说起车前草，也必定会想起边缘齿状、外形椭圆的叶子和长长的黄褐色的穗。不论是见到还是听到，必定想起的还有我的父亲。

竹胎盈盘

春风庭院杏花飞。我正喝着茶,外甥抱来一个纸箱。是大半纸箱带壳的新鲜甜笋,表弟电话里说是前天挖出、昨天寄出的。

我放下杯,看外甥剥笋。笋壳带着湿泥,剥离笋身时轻轻地发出柔和的脆响。不远处新叶未发、枝丫分明的梧桐树上,喜鹊嘎嘎呷呷地叫着,在鹊巢边张望;近处苞芽已发的枫树梢头,叽喳鸣叫着三两只麻雀。都是春天的声音。

甜笋外形不算长大,粗细只有冬笋的一半,不过却比冬笋长出两三个身子。秋冬时节吃的是冬笋,冬笋之后才吃甜笋,而大块头的麻竹笋则要等到夏天了。从人们的感官角度说,生长着的冬笋平时看不见,因为它长在地下,须掘地刨出;甜笋、麻笋则是破土而生,采时齐根挖断即可。它们的竹类也不同,冬笋生于毛竹,甜笋、麻笋与竹同名。至于口感,冬笋既嫩也脆,只是味淡;麻笋苦后清甜,但有些糙感。就这甜笋,嫩、脆、甜俱备。

"笋壳为什么是相对生长的呢?"外甥问。这笋壳剥起来,左手一片,右手一片。一片壳的大小,能够包裹住圆笋的一半多一些,将与其相对的另一片壳的两边压住。那另一片壳比这一片略小些、长得略高些,这样片片相对、相压、相续直至笋尖。

我没有回答外甥的问题,因为我答不上来。到北京工作前,我在家里常帮母亲剥笋,却没有观察到这个现象。不仅剥笋,更小的时候还采过笋——确切地说是拔笋。不过,拔的是小竹笋,粗细与拇指相仿,可有四五十厘米高。这种竹子不知其名,长成时也只有大人的拇指粗细，或许还不止一种——回想起来，那时拔的笋大小相近但是外观上似有些差异。拔这种小笋，其实就是用手掰，从近根处掰断了就采得了，若掰不断，那就是长成半竹的老笋了，采之无用。而冬笋、甜笋、麻笋之类大型的笋，是用挖掘或铲断的方式采得，拔是拔不动的。

因此，小时拔笋，不需要工具，挎一个小竹篮或挽一个小布袋，掰一根就往篮子或袋子里投一根，投满了、拎不动了，就该回家了。为什么不采大笋呢？似乎是：大笋都是人家山林地的笋，而小笋则是山上长的野竹笋。也就是说，那时拔笋都是在野山的山间。

那是多美的春山呀。红色、黄色、粉色、白色，春花浪漫。有这些花吗？其实没有在意，四五岁的孩童不懂这样的美。不时飘来一阵毛毛细雨，让翠竹上的青青小叶一会儿一点头。喜欢吗？也不完全是，因为湿泥既粘鞋又滑溜。那美在哪儿呢？你看，小树枝上突出的点点苞芽，用作竹筒枪的子弹，一定比纸弹好玩。那飞来飞去的小山鸟不时停在身边，让你追一程它又飞一程。那大蚂蚁,个儿那么大,队伍那么长。还有,妈妈在身边,不时呼唤一声、夸奖一句。这春山多美呀,美得到今天还依稀记得。

拔够了笋,回到家,接着就剥笋。拔笋好玩,剥笋也好玩,就像外甥今天这样左一片、右一片地剥,听笋壳发出的柔和的脆响声。剥完了,就看母亲把它们用清水焯一遍。然后,就可以切片、切段,清炒、红烧。吃不完,就晾干囤着,待他日炒笋干吃。

外甥此时剥完了笋。未剥时是大半箱笋,剥完了反倒是一整箱的笋壳。喜鹊停声了,麻雀也飞走了,但风送花香,仍是春天的气息。

我与外甥继续喝茶,继续说着笋的事,一直说到妻在屋里喊:"吃饭了!"

于是回到屋中。妻子端上来第一道菜,一路飘香,是鸡汤笋片。

日从冬至长

家兄来电话说要回老家一趟，老辈的亲人要在冬至前谢天地。

我从未见过谢天地的样子，不过自小就知道是一个祭拜仪式。直至民国前的古时，皇家在冬至日是要祭天的，感谢天地对生灵的关爱。祭天是国家行为，而民间也因此把冬至看作一个大节，团圆、祭祖，有一段时期其重要性甚至不亚于元旦日——如今的春节就是古时的元旦。近代以来，虽民风渐薄，已不太看重冬至，但也还是有些讲究的。讲究，无非仍是慎终追远做些祭奠,家人团聚、张罗些饮食。再到今天,节日之心又淡漠了许多,孩子们多是把冬至当作地理知识,课堂上用得着,生活中未必知觉。

冬至于我的童年记忆中存有两个印象,一是精神上的,一是物质上的。精神上,其实只是一个自然现象。不知从何时起知道了冬至日是日夜长短的分界线,每当冬至临近,就开始用自己的方式比较着昼深夜浅,一过冬至便觉得日子都亲切了许多。

物质的记忆是吃食,印象最深的是圆子。圆子,闽语称之为糍。所谓圆子,就是糯米为主加上少量粳米,磨成浆,滤尽水,成半干泥状,然后用手搓成的小圆丸,可大可小。搓糍是闽地区域性风俗,每到冬至前,家家搓糍,并且还衍生出许多吉诗、吉语,为节日添喜。

这圆子是实心的,不似今日里头包着各类荤素馅的汤圆,搓起来也需有些技巧,初学者容易搓扁了或是搓散了。搓得的圆子一个一个摆在竹米筛上,似一片白玉珠。搓出一筛子后,就可下锅煮了。煮圆子更需要技巧，掌握好水温、火候，否则易夹生，也就是外熟内生，那就没法吃了。圆子煮熟后，撒些红糖或白糖在上面，一人一小碗，热气腾腾的，一口一个，狼吞虎咽，在杂粮尚难果腹的时代，无异于奢食。若讲究些，炒些黄豆，磨成细粉再混以红糖白糖，用圆子蘸着吃，更觉心口香甜。再有讲究的，那都是些家境殷实的人家，在煮的圆子上先浇些猪油再撒上糖粉，不过滋味如何我不知道，只是耳闻之，心羡之。

圆子再好吃，因其甜、糯而易腻的特点，难以多食。余下的，都拌上甜豆粉，存在碗橱里，次日一早起来再看，已半冻半凝。用劲儿掰出一两粒在嘴中嚼着，渐软渐香，别有风味。第三天、第四天、第五天，只要没有吃尽，都要将它当作早餐。一日复一日地吃着，似乎天也一天比一天更早亮了些。

那天行车路上，妻子说起儿时的冬至印象，独独对冬至次日的冰凉圆子记忆犹新。我说起更有个冬至日长的印象，她也随声应和。又想起这些其实都是旧话，前些年母亲还张罗过搓糍过冬至，家里的大学生那时还小，记得跟她说过这些故事，不知道她是否还记着。

  转眼来到冬至前，大学生回家过周末。路上，她突然说起冬至要到了，又说起冬至过后白天就长了。我一边开车一边搭讪着，没提那些旧话，心里却也有些高兴。

四时人心

一、各自春风

推门出去,满地晶莹。这是我今冬见到的北京第一场真正的雪。

回身拿起扫帚在庭下扫雪。扫时才知道这雪仍在下,落进脖子里有些冰凉。地尚湿,近门处存不住雪,落地即化。几步外逐渐开始积雪,却不厚,因此扫起来不费劲。落下的雪飞扬,扫开的雪也飞扬。

在我眼中,北京的美景只有春雨和冬雪,每逢雨雪,都希望它们就这么下着,不要停歇。春雨缘于春风,春节后的这场雪可否看作是春风的使者?回望,门上贴着自撰的春联:室有书声增喜气,庭植绿草引春风。纸红映雪白。雨、雪、春联,它们都与春风有缘吧。只是,雨雪终究只能一时地来去,绿草又何曾引得春风?也都是一厢情愿而已。

春风又绿江南岸,明月何时照我还。此诗常在心里诵读。人把它看作优美的诗,我却始终认为那是王安石疲惫的心。

二、迎夏

我铺上纸,提起笔,蘸上墨,想随意地写几个关于春天的字。抬头看了看窗外:春天已经过去。

庭下石台边,那朵淡紫色鸢尾花随着微风摇荡,它今天早晨刚刚开放。与它相偎的蒲公英,印象中一直是嫩黄色的春天小花,今天却变成了几朵小绒球,在晨光中微微焕出银白色的光芒。

在我准备写这几个字前,窗外的人行步道上春意融融,虽然只有几个周末时光的片段。印象最深的不是满树的花，而是一地的瓣，它们或是细碎地铺满步道，或是成片地随风翻滚。先是樱花，接着夹杂着杏花。杏花欲尽未尽时候，海棠又飘然而下。树上树下，粉白似烟；人行其间，瓣随人走。

可是，今天几乎只看得见这朵孤独的鸢尾花。几天的时间，就如我铺纸、提笔、蘸墨的这一片刻，不知不觉地过去了。还是步道旁，杏豆累累，樱与海棠已是绿树。也还是庭间，墙头的蔷薇花苞待熟，篱边的月季蓓蕾未放，不知是因为它们步履姗姗，还是因为春天的心情太匆忙。枫树成荫，在庭中荫蔽出一片幽凉。

我重新提笔，润了润墨，写下这几个字：欲沐清风待夏来。语句平常，却是迎接夏天的心情。

三、甫见秋时

流年暗换，此言不假。若非这一阵风，不知秋已来临。

风还是那风，只是生出了凉意——岂止是风，天地日月，山水草木，所有的自然景象，都可套用这一句落俗之语来描述其实难以确切描述的变化。风确实凉了，天明显蓝了。还有，日光更明，树影更净，花色更鲜明，而鸟声却透出了一丝寂静。

于是人就生出了秋心。

什么是秋心？秋心有两样：一是悲秋，就如宋玉《九辩》中秋的感伤。一是喜秋，就如维瓦尔第《四季》里秋的欢乐。我总以为，悲秋缘于心，心有所憾，内欲自解而无能，外当散之而不愿，非要找一个怨恨的对象不可，于是秋就莫名其妙地成为恨憾的源泉。至于喜秋，我是赞同的，虽然我喜的是秋的寂静。只是，可喜者何止于秋？四季皆有时宜，皆可喜。

那天吹来的一阵风，不仅有凉意，还有涛声——风吹树摇，飒飒如涛。站在树下，我感觉到我和天的距离，这种感觉在其他三个季节里不明显，或许并不存在。那距离，很远。

晨起上班，提包似乎比平时沉重了些。沉吟间，她说:"外套挂在那儿呢。"原来不是包沉,是秋让人单薄了。

穿衣下楼。秋风拂身,清爽宜人。嘀,初秋是人的一件外套。

四、早寒

傍晚小雪,友人如约来访,于寓所楼下小馆便餐。虽无樽酒,亦非佳肴,相谈甚欢,心有古意。

今岁寒来早,让人应变不及。看那枫叶犹灿然在树,桐叶尚且黄绿相间,京城却已经下了两场雪。风光仍是晚秋色,行人则穿上御寒衣了。当是一个难得的色彩缤纷的初冬吧。只是,颜色褪尽、寒烟绕树才是冬天景象,到那时真正的冬天才算来临。

我总认为,北方冬日几无风景。若说有,也就是雪景了。何以见得?你看,冬天里能让几乎所有人为之欣然、嬉游其间的,只有那一地皑皑。其他时候或面对其他景象,则多是漠然。

如此说来,冬天就一定是别无风景了?也不尽然。

白雪之外可以有风景,只是它不在别人眼前,只在自己心里。这个自己,他多半是需要有一定的年岁,因此自然地,会疏淡于繁华和孤寂的感觉,满足于读一本书、品一壶茶,悠然于面对一扇窗、沐浴一片阳光,甚或安心于难以开窗的风雨天、衣薄衾重的苦寒夜。如果真是这样,那么他的心里可不满是风景吗?而如果更有故人来访,对酌几杯热酒,笑谈前时旧话,那风景则更有沁心之美了。

可是,这个自己,真有吗?几时有?至于故人,还有几人?今在何处?不可深究,究之若幻如梦,再究让人神伤。

杂想

依依在何枝

我推门出去,站在树下,薄雾轻霾,犹见日光。

多日不回,不知何来的一群雀儿,似已定居此处,如主人一般倏来忽去。形体、姿态都似麻雀,但又不是。个头比麻雀大些,头部两侧各一条小白线,脖颈也是一圈白。也如麻雀似的鸣噪,声更清脆、调更婉转。地上树上,群来群往,一声呼众声应。又不似麻雀那么胆怯,我走近前,离它们也就几步远,尚不惊起。

想起故友。诗云:嘤其鸣矣,求其友声。先有其心,方有其诗,那个诗人也是先有这般心境吗?

一阵群呼,众雀飞去,但鸣声仍在。愿它们嘤嘤常鸣,不相失。

子规啼

清早在楼下听着鸟鸣等女儿。女儿下楼来,问:"这是啥鸟的叫声呢?"

我答:"布谷鸟。没听见'布谷''布谷'的吗?"

"这鸟的叫声很奇怪耶。"女儿说。

我想奇怪是指它不是叽叽喳喳的那种叫声吧。"所以在这个时节显得有些寂寞。古诗不是说吗,'潇潇暮雨子规啼'?"

"子规就是布谷?"女儿有点儿惊奇。

"是的,又叫杜鹃、杜宇等等,这个你懂的。"我笑着说。

"噢——"又问,"为什么这么叫就感觉寂寞呢?"

"可能有几个原因吧。"我说,"第一,它多数时候都是独自一人待着，叫起来显得孤独。第二呢，尤其在南方，这个季节春雨潇潇，本来就容易让人心生惆怅，再加上布谷鸟的孤独叫声，更显得寂寞了，于是就怀念远人、思念家乡。"

女儿点点头。以前我曾跟她说过，以万物入情、即景入情，或者说借物生情、借景生情，是中国文化的一个重要特征，也是其浪漫性的一个表现。

车停下，女儿下车往学校走去。我在车里待了一会儿。

想起了家乡的潇潇暮雨。

草木有生

茶几上摆着一件小小的绿植。二指相并大小的瓷瓶，高低如拇指竖起，瓶颈粗细仅可容筷，瓶中亦只插了一片只有食指宽窄的绿叶。如此形状，岂非小小？

花瓶本是买自茶叶店的与茶宠一同摆设的花插，日常用它插上一枝剪切的小花，喝茶时偶尔一瞥，不几日花即枯萎,把枯花抛弃后留个空瓶等待下一枝小花。绿叶采自办公室。办公室的绿萝枝蔓叶繁,修剪时见叶片瘦劲挺秀,兼有淡黄彩斑天然生于叶上,与寻常品种不同,又素知绿萝生命力旺盛,于是扯下一叶,带回家来。插在正在等待下一枝小花的小瓷瓶中,再滴上十数滴水,随手置于几上。

这小小绿植,做来随意,过后也不甚在意,在茶几上一放几天,也不去理睬它。周末时记起来,添些水滴,还是随意一放,再忘它几日。

半个多月过去,忽然觉得也当与它亲近亲近,于是以两指连瓶捏起,在眼前细细观察。叶片依然瘦劲挺秀,叶柄较前似长不长。拔出叶,叶柄底端竟然已经生出几丝细短的根须。原来叶柄并无生长,是根须将它顶起,因此有增长的感觉。

我叹道:植物生命之顽强,让人敬佩。妻女听见,连连附和。叹毕,添水、搁置、遗忘、捏起、观察,一切如故。只是每看一次,都要赞叹一回,且由物及人,说草犹如此,人岂可贱之,诸如此类。一开始,我的叹息还有人附和，后来就无人搭理，我也就当作自言自语罢了。

半年过去，日来又想起它。如从前那样捏起来，明显看出叶柄长出许多，心知一定是根须更为发达。拔出一看，果然。那几条根须虬卷盘屈，已比叶柄还长，用食指弹了弹，遒劲有力。

我心中慨然，又有所叹。张了张嘴，忍住了。

寻思

夜间独坐，上网翻阅文友的文章。

昨天还与人徜徉于青山间，探访那个入梦多时的荒芜小村落，今夜就已隔空望月。人生际遇，意料之外者十常八九。中秋已近，处地殊异，好在明月相同。

记起白天时候，也是一人枯坐，恍惚之际又好似于梦中，有些朦胧景象。是行走途中遇着老虎。那虎张牙瞪眼，对我咆哮，我若无其事地站着，然后就见动物园来人把它囚走了。一会儿又来了一个野猪模样的东西，摇头晃脑，目中无人，东一口西一口地，不明白它咬什么。这一回是知道回避了,一侧身就迈进小路。再抬眼一看,心中惊喜,原来前面就是那个青山之间的小村落。然后就是一阵鸟叫声,叫着叫着人就醒了。

想来,是心有所思便有所感,又入于梦中了。这与所谓冥冥之中的注定不同,来自内心,类似佛教所说的"相由心生",而冥冥之中的东西则是自心所无法产生的。不过有些过去的事,如今回望也可看作是冥冥之中的事。

比如这互联网,20多年前即有涉猎,于是前些年工作上不自主地就与它有了些瓜葛。近年闲暇时写些文字在网上网下晾晒,又喜欢在山乡间行走,这些行径今后是否另生瓜葛,尚未可知。如果有,那就真是冥冥之中的事了。当然,也可以看作是种瓜得瓜、种豆得豆。

意料之外,思感后遇,冥冥之中。人生境遇,就是这三种?也许还有其他可能吧。

窗外树梢秋声阵阵。一阵暗香飘来,是方才所饮多遍、已冷却多时的茶底。茶若好时,冷茶亦香。

山前灯火

方才的远山青翠、松竹挺拔、梯田泛金,在渐起的暮色中也渐入单调。当车灯亮起,只剩一闪而过的深黛色印象。唯有水花飞溅、泛白似练的小山涧,依然保持着活力。然后就看见了山前的灯火,映窗透户,孤弱而柔谧,由远及近再一闪而过。

一时有些心绪。

她在一旁回忆:"小时候随父母远行,夜时赶路回家,见路边灯火通明,就盼着能早些到家,也像灯火中的人家那样,心暖身安。"想了想,确实如此。

后来,离家多年,偶尔再山行于夜间,见到的灯火却与幼时不同。只觉十分寂寞,是那灯火寂寞。心中就问,这灯火何以要在这山间独守孤寂呢?

如今再见灯火,仿佛有些儿时的心绪,盼着早些回家。只是,仍有些孤寂的感觉,却不是为那灯火,是为自己。

他们的月亮

午时君子来

登上小高地后，就望见前面一个小水潭，大小也就是一亩左右。走近它，一望见底，底部都是泥。是荒废后的农田积水多年形成的，因此似浅实深。

这个时节，田里田外的花并不少。就像刚才，上山前经过的一片田，金黄色的稻子边，一垄似紫似粉又似红的花，那是蓼花。《诗经》里说，"山有乔松，隰有游龙"，那游龙说的就是蓼花。另一片小泽淖里，长着浅粉色的一片，说不出名字。这两种花，这几天都常见。

而这一个小池子却与众不同。它处在山上——其实是山上的山上。村庄本就在高山上，海拔一千米还多。从村子再上山，又是一百多米，因此村里人叫它"天池"。池里的水，无论什么时节，深浅如一，只是尽头处下泻的瀑布大小不同而已。

就在这样一片清澈的水面上，生长着满湖面的一片小花。小花的叶，绿中带褐，茶盏大小，如荷叶般的圆，一边的缺裂口却比荷叶深，平铺在水面上，水静叶也静。花与叶不在一处，却是另从水中伸出，离水面十几二十厘米，花茎浅棕色，花朵近于洁白，花瓣下宽上尖。单株看它，亭亭玉立；远望一片则是银星点点。

这就是传说的那种莲花了。

据说，要看这莲花须在白天，午时最好，而晚上是看不见它的。在夜间，花是收拢着藏在水中，旭日起时，它也慢慢升起，愈升花愈盛。到中午时分，举目池面，一片洁白。过午后又慢慢下沉，伴夕阳而入水中。如此日烁夜涵，周而复始。

我贴近了看，水中果然还有一些莲花，高高低低，花朵微露半露。再看这小潭，形状也恰似一片莲叶。为什么就这一片水里长着这种莲花，其他地方就没有呢？

说是，只有最洁净的水里，才会长出这样的莲花。

敦煌散思

东汉名将班超在拓守西域31年后，以近70岁的高龄恳求汉和帝允许他东归故土："臣不敢望到酒泉郡，但愿生入玉门关。"即便是他不敢期望的酒泉郡，距京城和他的家乡也有2000多里之遥，而他祈盼在有生之年能够迈进的玉门关则又在酒泉以西600里外了。如此哀情，读来令人怆然。

玉门关与它南面不足百里远的阳关，同为汉武帝时期建立的西北边陲的重要关隘。在这一片农耕民族与游牧民族为土地家园而长期争战的区域，玉门关和阳关更重要的作用是防御匈奴及其后来者对中原内地的侵略。不过，虽是边关重镇，却未必是激战的沙场，史料中鲜见在两关发生重大战事的记载，可为明证。

史料记载不多，文学对于玉门关和阳关的描述却十分丰富，尤其多见于盛唐的诗作。亦可作为佐证的是，那些传诵千年的诗句对于两关的咏唱，多源于它们远离乡关的愁怀和黄沙漫漫的悲凉，而非战争的残酷。

"黄河远上白云间，一片孤城万仞山。羌笛何须怨杨柳，春风不度玉门关。"王之涣的这首《凉州词》是唐诗中的经典之作。同样堪称经典的还有王维的《送元二使安西》："渭城朝雨浥轻尘，客舍青青柳色新。劝君更尽一杯酒，西出阳关无故人。"

唐诗中以玉门关和阳关为对象的歌咏，在情绪上是丰富多样的，有哀怨，有惜别，有惆怅，有壮怀。李白的《思边》是咏边诗中的婉约派："去年何时君别妾？南园绿草飞蝴蝶。今岁何时妾忆君，西山白雪暗秦云。玉关去此三千里，欲寄音书那可闻？"此中哀婉，可销铁磨石，让英雄马行迟。可若要读到王昌龄的《从军行》，却又让人心生豪迈，恨此身不能挥戈跃马、驱虏杀敌于沙场："青海长云暗雪山，孤城遥望玉门关。黄沙百丈穿金甲，不破楼兰终不还。"

可是，当我站在玉门关遗址小方盘城外的土丘上眺望，我的心中并没有一首完整的唐诗。不远处的疏勒河故道上芳草萋萋。河的这一边是向远方绵亘而去的土丘沙堆，我猜想它们是汉长城的遗迹。对岸分辨不清是沙漠还是戈壁的荒原的尽头，是黝黯绵长的山。那不是南方草木蓊翳、随处可供人畜生存的青山，而是风过悲鸣、寸草难生的绝境！

身处这样的玉门关或者阳关，能够感受到的只有苍凉。眯眼的黄沙、茫茫的戈壁、没有生命的山体，连那风吹来时都带着千年的彷徨。杜甫曾吟道："此身饮罢无归处，独立苍茫自咏诗。"在这里，才知道什么是独立苍茫——那是心的寂寥。这种苍凉感之强烈，不需要借助其他景象去添加，如大漠孤烟——我曾看见远山前那条被旋风卷起的笔直的烟沙；或同样是寂寞千年的雅丹山阵——那不只是苍凉而更应是凄凉;又或是鸣沙山——你如何能走尽那条无尽的驼路呢?

在这个时候,你会想起很多人、很多事,如王昌龄、王之涣、岑参、高适等盛唐的那些边塞诗人,卫青、李广、薛仁贵、杨业乃至左宗棠等定边安塞的名将。但是,这些人和事多数是片段,甚至只是一闪而过的模糊记忆。至于他们有哪些诗句、哪些事迹,此时无暇细想。一闪而过的也许还有其他一些事物和印象,如城头画角、窗牖明月、万户捣练、胡笳悲鸣。所有这些人、事、物、象,都与玉门关或者阳关有关联吗?不是,又是。在中国几千年的边塞史中,它们就是玉门关和阳关,玉门关和阳关也就是它们。

当然,玉门关和阳关让人想起的不只是风沙雪雨的气概。从玉门关和阳关,曾经引导出两条重要的丝绸之路。丝绸之路携来送往的财富有两种:一种是物质的——如今它们早已成为玉门关和阳关内外的黄沙尘土,一种是精神的——至今还在富裕着我们。

鸠摩罗什从龟兹来到中土时,走的一定是玉门关或

他们的月亮

阳关之道。作为最著名的译经家之一,他给中国留下了丰富的佛教经典,让佛教信徒们至今仍在享受着他的精神遗产。

唐三藏法师玄奘赴印度求取佛经时,走的也一定是玉门关或阳关之道。他的精神遗产也同样惠及今天。

而与鸠摩罗什和玄奘以及其他许多著名的高僧大德不同,一位名为乐尊的普通僧人,开启了另一种创造精神财富的历程,为我们留下了以莫高窟为代表的敦煌艺术遗产。无数个与乐尊一样不知名的僧俗众人,在1000年的时间里,开凿出数以千计的洞窟,塑造和绘画出难以尽数的塑像和壁画。想想看,这是何等伟大的一个历程。

宕泉河曾经静静地流过莫高窟的崖壁前,那是祁连山的雪水。当年,它一定是晶莹剔透得能够把鸣沙山倒映出金碧辉煌。可是每一条河都有它的清澈,每一座山也都有它的雄浑,为什么会是在这里,在这样寂寞苍凉的地方,产生了这样灿烂的文明?

人们说,是偶然的机会,让乐尊跋涉于山巅时,看见了阳光下的远山有佛光万丈，于是就在佛光之下凿出第一个窟、供上第一尊佛。

但是，一个两个乐尊可以这样做，十年八年的时间里可以这样做，而千个万个乐尊、百年千年的时间，能够如延绵不绝的大漠戈壁一样共同创造着一个奇迹，那不会是一个偶然的结果。

在莫高窟第45号窟，我蹲身仰视。我看见了他们注视我的目光。那是佛陀的庄严，阿难的沉毅，迦叶的轻俏，菩萨的慈祥和天王的雄威。在这样一个只可容十数人并立的洞窟里，充满着虔心与安详。

于是，我以我自己的方式回答了莫高窟艺术产生的原因。它应当是为玉门关和阳关而生。大苦之后有大悲，大恶之处有大善。在如此寂寞苍凉之处，就应当有虔心与安详。

敦煌自古有名，又曾被称作沙州，此名源于鸣沙山。据史书记载，敦煌土著并非番人，而是尧舜时期被流放到此处的南方部族。南北朝时期，北方五胡十六国之一的西凉国曾以此地为都城。唐朝后期经五代十国直至北宋初期，这里的汉人建立了归义军政权，面对吐蕃、回纥等少数民族的强力围攻，一心向往中原王朝，其事艰苦卓绝，我读相关史料时曾叹息良久。

除了这些，敦煌一定还有许多的史、事、人、物让人倾心。不过于我而言，有玉门关和阳关，有以莫高窟为代表的壁画和雕塑艺术，敦煌就已经足够了。如果有人愿意为它们倾心一生，我想都不为过。

所以我说，喜欢文史者不可不来敦煌走走。

鲍山溯源

一

早年读书，知道西汉末年有个鲍宣，在司隶校尉任上纠正不法、刚正不阿。我因为也是鲍氏子孙，对他的家世有所留意，继而得知不仅鲍宣，其子鲍永、其孙鲍昱也都是两汉时期著名的人物。更巧合的是，祖孙三人都当过负责督察百官的司隶校尉，均以刚直忠诚著称。鲍永当司隶校尉时，东汉光武帝还郑重地提醒皇亲国戚们要严格自律，不要让鲍永抓住把柄。

鲍氏后人往往以鲍宣祖孙三人为荣耀，为此撰有对联称："族承司隶，派衍参军。"下联中的"参军"，说的又是鲍氏历史上的另一位名人鲍照，他是南朝的著名诗人，在诗歌史上具有重要地位，杜甫有两句诗"清新庾开府，俊逸鲍参军"，其中的"鲍参军"说的就是鲍照。

鲍氏是小姓，历史上像鲍宣祖孙三人和鲍照这样因功勋卓著或是文采纵横而被载入史册的人物其实并不多。如果把鲍氏一族血脉繁衍的历史看作一条河流，那么鲍宣祖孙和鲍照就好比是散布在这条河流上的几个大港湾。这几个大港湾，水深可以泊舟，水沛足以溉田，岸浦坚实可以筑屋而安居。它们既上承源流，也涵养下游，使鲍氏这条河流源脉不断、波澜生动。不过，除了这几个大港湾，这条鲍氏之河必然也还有许多宜居宜止的汀岸、让人驻足流连的洲渚，只是鲜为人知而已。

当然，鲍氏之河只是一种比喻。这个比喻因我赴济南市历城区的游访而起。此次游访本来与河流无关，也与鲍氏无关。只是因为"入国而问俗"，刚到济南就与主人聊起济南与济水的关系，于是冥冥之中便注定了我此行必定有一个与鲍氏之河的因缘际会。它首先缘于济水的话题，由济水而济南，再由济南而鲍氏。

二

济水在古代是与长江、黄河、淮河齐名的四大河流之一。虽然后来屡次遭受黄河侵道，但在之前相当长的时期内济水有独立的源流并且独自入海。济水流域曾经是中华文明繁衍兴盛的一个重要区域，发源于6000多年前的大汶口文化及其后的龙山文化，应当都受到济水的养育。其中大汶口文化的产生，被认为标志着中华民族在漫长的史前时期发展过程中即将步入文明时代。仅从这一点看，济水与江、河、淮并列是有它的道理的。

中国人有一个共同的民族特征，就是念旧、感恩。最感念的，物质上是滋养生命的水源，所谓"饮水思源"；精神上是有养育之恩的祖先，所谓"慎终追远"。中国人对祖先的崇拜和感激几千年来从未衰减,自不必言;对水的感恩,与对天、对地一样至诚。

济水的养育之恩,对接受它恩泽之人的记忆一定是刻骨铭心的,以至于对济水的崇拜、赞颂和铭记经历了几千年。秦末汉初济南之名的出现,就是这样的一个必然结果。至今遗存的其他一些地名如济源、济阳、济宁、济河以及古称沇州的兖州等等,也都是对济水始终不变的纪念。其中位于河南省的济源,就是在济水源头所在地。而感念济水之恩的极致,就是以国家的名义祭祀它,自有历史记载的周代一直延续到清朝。在济源的王屋山上,还专门建有祭祀济水的水神庙和祭祀上天的天坛。于是,物质上与精神上的感念就合二为一了。

祭祀是中国人向先祖或者神明表达崇敬的最高礼仪。祭祀有制度性的,也有非制度性的。制度性的,就是每年在特定的日子举行例行的祭祀;非制度性的,就是在国家遇有重大喜事的时候向它报告好消息，要与它共享全民族的欢乐。元代著名书法家赵孟頫有一个留存后世的书法碑帖，叫作《投龙简记》，它的来由就是元朝的仁宗皇帝向济水之神报告自己即位后励精图治、政通人和之政绩的临时性祭祀活动。这一次祭祀活动，先是请天下的道士在京城做了七昼夜的法事，然后又派专人到王屋山拜祭水神和山神，并向它们所在的深涧、山崖投送玉符简、黄金龙。对济水的崇敬，是如此郑重、深厚和虔诚。

不过，济南之名并非第一个对这种崇敬的表达。至少在如今的山东地区，在济南这个名字出现之前，首先将济水印烙在历史记忆上的是济北。济北之名始于秦汉时期，当时有个济北郡，不久又从济北郡分出一个济南郡，于是济南开始登上历史舞台。那时及其后很长一段时期的济南，不完全是如今济南的概念，有好几个与济南有关的地名同时或先后存在，如济南郡、济南国、济南府、济南路、济南道等等。只是，对我而言这些名称没有区别，它们就是一个济南，济水之南。我想如果济水有知应当也是如此认为的吧？

三

"问俗"于济南主人,也许会让人以为我对济南所知甚陋。其实不然,我对济南的了解还是比较深的,多数都来自亲身所历、所知、所感。

比如,济南有伏生。伏生在秦始皇焚书坑儒时,抢救了儒家最重要经典之一的《尚书》,因此他在中华文明发展史上可以说是有人文再造之功的,此书也曾是我午间日读之书。读《三国演义》,其中说曹操因为平定黄巾军叛乱有功,被任命为济南相。此时的济南为封国,济南相是济南国实际上的最高行政长官。曹操有治国之才,因此在济南相任上也取得辉煌的政绩。《说唐演义》中,秦叔宝和程咬金都是济南人,具体而言是"山东历城县"人——历城在历史上绝大多数时候都是济南的治所。而据唐史记载,程咬金其实是济州也就是如今的济宁人,不过济宁也在济水之南。再往下说就是两宋时期的"二安"了,李清照字易安,辛弃疾字幼安。早年我对李清照关注较多,先是她的词，后来是从宋末新旧党争看她的家世。近十数年来，因时所感，我对辛弃疾的偏爱日盛，家中关于他的著作有十数册，其中《稼轩词编年笺注》是我夜读之书，在床头摆了将近10年。巧的是，此书作者、著名宋史专家邓广铭先生籍贯临邑，临邑古时也属济南。

这些说的都是比较久远的事。说近些，济南与我仍有故事。我祖籍福建，幼年家贫。记得父母偶有余钱时，会托在铁路列车上工作的亲戚买一些山东的花生。山东花生有什么好？个大、肉香。还有山东梨、山东枣。山东哪儿的梨、哪儿的枣？一概不知，反正就是山东梨、山东枣。到了后来，几乎凡是北方来的花生、梨、枣等土特产，也许并非产于山东，也都冠以山东之名。这些"山东品牌"的物产与济南是什么关系？它们都购买于济南。济南是铁路线上的大站，停留时间长，因此亲戚才能在此购买到。于是，济南成为我除北京之外印象最深的地方。后来我到北京上学，济南又成为我人生中第一个旅途的起点：我是从这里离开既定的路程，登泰山、游曲阜。

　　此次游访济南，是应济水之南博兴籍的一位友人所邀。甫到济南，即在下榻的山东大学拍了一张照片发给一位在京好友，他即毕业于此校。多年来，我与另一位济南籍的挚友诗词酬唱不已，以道义相勉，以此助我度过数年前的一段困难时光。我始终认为山东多豪杰，且大勇、有智，这一私见，首先源于我对济南人士的印象。

　　如果把我的人生也比作一条河，济南即是这条河流经的一个物阜民康的佳处。如果把济南的历史也看作一条河，我与济南的关系就是这两条河流必然的交集与交集之后的丰盈，至少于我而言，毫无疑问，受济南之惠良多。若是将这种理解延伸开去，那么每个人都是一条河，每个人都会与无数条河流交集。只是交集之后能够给这一条河或那一条河留下什么，却是因人而异的，当然，多数时候更是不由人意。我与济南的交集，也不会停留在以往和既有，现在和将来一定会有新的收获，有些是由我之意，有些必然是出乎意外。

济南此行，就可以说有许多意料之外。

四

济南有座鲍山，那里有鲍叔牙墓。济南主人说。

这让我很意外。鲍叔牙作为鲍氏的先祖，他的家世生平我有所了解，但是他的故里风物、坟茔芳草这类往往是不被史籍所明载的流芳余韵，我所知不多，因此并不知道这里有鲍叔牙墓。既意外，又惊喜。于是主客数人陪同我一起前往拜谒。

鲍山之旁，一座土丘高逾两人，直径约10米，这就是鲍叔牙墓了。我鞠躬三回，绕墓一匝。是瞻仰，更是缅怀。

汉族鲍氏得姓的始祖，是鲍叔牙之父鲍敬叔。然而鲍氏在历史上树立丰功伟绩的第一人，则自然是鲍叔牙了。鲍叔牙在受到齐桓公极度信任的时候，不揽权、不嫉能，极力推荐管仲担任齐国国相，自己甘居其下，使齐桓公最终成为一代霸主。司马迁评价：天下之人有不赞许管仲贤能的，却没有不称许鲍叔牙知人之明者。孔子评价鲍叔牙：知贤，是智；推贤，是仁；引贤，是义。孔子接着又说：智、仁、义俱备的人。

鲍叔牙值得赞许的，不仅是为国让贤，他对友情的珍重也令人敬佩。管鲍二人未发达时即是知友。管仲曾坦言：管鲍二人一起经商，管仲要多分财利；管仲多次替鲍叔牙谋划事业，屡遭失败；管仲任相前几次从政，都被国君贬逐；管仲从军时，遇到战斗就当逃兵；公子纠与齐桓公争夺国君之位失败而亡，与管仲一同辅佐公子纠的召忽自杀死节，管仲却忍辱偷生。管仲的这些行事都为鲍叔牙所宽容，因为鲍叔牙认为管仲不是贪财怕死、无谋无能、不知羞耻之人。

但是，鲍叔牙对管仲的这种宽容、关爱与珍重，是与他刚正不阿的另一面相辉映的。管仲去世后，齐桓公要请鲍叔牙任国相，鲍叔牙则要求齐桓公斥退他宠信的三个小人，否则就不接受任命。

人事纷繁，最难的是见利不忘义、有权势不张狂、遇危难不自顾，但是鲍叔牙都做到了。因此，两汉之交的鲍宣祖孙三人能够正身而独立、使君子敬而小人畏，自然可以看出其精神上的源泉了。古人慎终追远，追的是什么？是恩泽，是先人赐予的生命和遗传的精神。

传承先人恩泽，不必只是过去，不必都是建大功、立大业，也不应只是别人而不是自己或不是自己身边的人。当年，我的父亲放弃乡长之职，带领一批年轻人从军入伍，北上参加抗美援朝战争，从部队转业后又甘于平淡和清贫，勤勉一生。这也应当是他对先人恩泽的传承和他流传给后代的恩泽吧。这恩泽施加于我，让我在以往的经历中有所持守，到现在仍然愿在家人族人中弘扬。

从现在再回望过去，如果顺着这些恩泽上溯，我这次游访的意外所获就是找到了鲍氏之河的根源。这个根源，在山东，在济南，在历城，在鲍山脚下。

五

还回到河流之说。如果每一个人都是一条河,源头是否就是他的心?如果一个家庭或者一个家族也是一条河,源头应当就是家风吧?如果一个地区也可以看作是一条河,源头自然就是民风民俗了?至于一个国家、一个民族,所秉持的凝心聚力的精神就是源头吧?需要明了的是,并非源头就一定清澈洁净、就一定可饮、可沐、可濯、可溉。自古至今,污浊之河、秽亵之水也是常常可以见到的,当然有的是因为自源头起就不清洁,有的则是在流淌的过程中被玷污了。即便本来是清洁的河,也难免有一些河段道窄浪激、某个港湾泥深水浅。任何一条河流,都是需要时时清澈其源、疏浚其流的。无论是自然之河、人文之河,概莫能外。

所以说源流既清,波澜自阔。

山蝉的样子

初唐的上官仪有两句诗说秋时的山景,"雀飞山月曙,蝉噪野风秋"。月是山月,雀亦当是山雀,而那蝉自然也就是山蝉了。

山蝉是什么蝉?山蝉还是蝉,只是它与市井乡野的蝉不同。不同之处,在于身,在于声。

山蝉长相如何,其实我也没见过。不过,可以循声找到它。

山路蜿蜒,正可且寻且赏。蝉靠吸吮树木的汁液为生,竹林留不住它。芦苇丛丛,只养得千只万只萤火虫，养不得山蝉。必须走到山前，在那一小片砖瓦房的近旁，从那些传出悠扬蝉声的挺拔青翠的树上找到它。

可是当我靠近那些树时，还是找不着它，因为蝉声已断，无迹可寻。稍走远，蝉声再起，却又目力难及。坡下杉树的树梢就在眼前，无奈枝密叶繁挡住了视线。回身，坡上的松树近可倚身，抬头望去，也是只见声不见影。如此近近远远、辗转进退，终是一无所获，只好放弃。还有些恋恋不舍，一路下山一路东张西望。

长相如何是见不到了。倒也无妨，它肯定是山蝉的模样，而不是普通的蝉。

看不见身，声是听得见的，且听得分明。每一只蝉的鸣叫都有特点，都听得出它的来路，不像普通的蝉声，响成一片让人难辨东西南北。叫法与普通的蝉不同。家常所闻，是一气的"唧"声或"嗞"声，或带点变声如"唧啊唧""唧啊唧"的。这种蝉声听多了，让人心浮气躁，感觉那蝉也如众生般，汲汲于荣利或痴痴若愚氓。

山蝉不那么叫。山蝉是这么叫的：悠长的"啊"或"哦"，也有的是带点滑音的"啊——啊——啊"或"哦——哦——哦"，一唱到底。听着是什么感觉呢？抬头看，白云轻盈；再静心听，涧水潺潺。于是感觉那蝉就如世外高人在独自吟咏。当然，也许感觉不出来，但是至少没有那些浮躁的心情。

山蝉的声，还有一点不同寻常之处：近听它不甚喧闹，远听它不失嘹亮。

因此，从坡上走下来好一会儿，听那蝉鸣，声音大小似乎与在坡上时没有太大差别。其实我和山蝉隔着老远。我们之间，有一幢黑瓦白墙的旧房，一条拐了个急弯的小路，一片沿坡而下绿意盎然的梯田，一条山涧，再一片顺坡而上到我身边的梯田。如果从我身边再延伸过去，又是个小山坡，山坡上也是芦草青青，芦草边的树林里，冲我鸣叫的也是山蝉的那些伙伴。

这是去年夏天的印象。今年回乡没有腾出时间去寻

他们的月亮

找山蝉，但是在家里打开窗，仍然能够听见它嘹亮而悠扬的声音。离开这个山城，在其他地方，即使徜徉于城外山间，我还没有听到过这样的蝉声。

他们的月亮

我见过很多人的月亮,不过几乎都是中国的。外国人的我只记得一个,那是娜塔莎的月亮。列夫·托尔斯泰说那是"一轮将近浑圆的皓月","悬挂在大树的上方,悬挂在明朗的、几乎看不见星星的春日的天空中",它给娜塔莎带来了惊喜,娜塔莎于是就想用她自己发明的独特方式,蹲下身、托住膝盖,再鼓足力气,要这样飞向它。娜塔莎当然没有飞成,但是她的天真却为"战争与和平"这种严肃甚至是冷酷的话题添加了一缕人性的温暖。

与娜塔莎的率真与直白不同，我见过的中国人的月亮多数是深沉的，并且往往带着忧伤或悲凉的情绪，其中的差异只是忧伤或悲凉的程度不同而已。如王昌龄的"秦时明月汉时关，万里长征人未还"，李益的"碛里征人三十万，一时回首月中看"，杜甫的"露从今夜白，月是故乡明"，李白的"举头望明月，低头思故乡"，王建的"今夜月明人尽望，不知秋思落谁家"，李煜的"小楼昨夜又东风，故国不堪回首月明中"，张若虚的"谁家今夜扁舟子，何处相思明月楼"，诸如此类者，不胜枚举。忧伤缘于思念，悲凉缘于艰苦，都令人心情沉重。

其实中国的月亮也有清新美妙的形象。辛弃疾曾见到如顽童般可爱的月亮："明月别枝惊鹊，清风半夜鸣蝉。"苏东坡夜半无眠，找人打发时间，于是觉得承天寺的月光清明如泻，弄影悦人："庭下如积水空明，水中藻荇交横。"张孝祥曾有观月须尽四美之说，即当一人独往，于偏远之地，临水之滨，观中秋之月。尽得四美，使人在月下如临仙境。

中国人曾经具有十分浪漫的文化情怀。在中国人眼中，几乎不论什么东西都有文化的元素蕴含其中，花草树木、山水人物甚至是鸡鸭鱼肉、杯盘觚筹。不仅如此，同样一件事物，中国人能够创造不同的文化意义，只因为其中天的不同、地的不同、心的不同。对月亮也是如此。同样一个人，张孝祥在另一番月色下是壮志凌云，想要"尽挹西江，细斟北斗，万象为宾客"，可是"扣舷独啸，不知今夕何夕"。李白则在江南越中看月见美女："镜湖水如月，耶溪女如雪。"即使都是中秋月，白居易思亲时是"三五夜中新月色，二千里外故人心"，而与友人同赏时又是"岁中唯有今宵好，海内无如此地闲"。一轮明月，极尽人间喜怒哀乐。

月亮见多了，除了抒情，还生出其他遐想。最自然的遐想就是疑惑。李白疑惑"青天有月来几时"，因此"我欲停杯一问之"。苏东坡同样问月，"明月几时有，把酒问青天"。他的问题与提问方式都学了李白。辛弃疾则不同，想得深多了。他问月亮"向何处,去悠悠",猜想"是别有人间,那边才见,光影东头"。可不是吗!如今的人们都知道月球围绕地球转的原理,地球的东西半球此日彼夜,此处月已西沉,那里方才明月初升。这是现代科学知识,却不如古代的文化情怀来得浪漫。

中国人心目中的月亮还不止浪漫。有几则著名的故事,把月亮作为励志的媒介。东汉学者任末曾经在月下读书,后来成为著名学者。南北朝的江泌追着月光读书,月亮走他也走。晋代的孙康有个映雪读书的故事,他在雪中借助的光明也是来自月亮。这些故事是中华传统精神的重要内涵,是代代相传的,那时对这些精神的尊崇犹如今日的学生需要每日做作业一样自然,并因此造就了无数的人才。时至今日,对程序和形式的追求愈为世人所看重,勤学立志、苦尽甘来的信念已淡漠多时。其实若静心思索、冷眼旁观,一个家庭、一个孩子如果还崇尚这种古来的信念,那么这个家庭和孩子的未来应当多可乐观吧?

说了许多别人的月亮,那么我自己的呢?

我自己的月亮很普通,大致有三种:儿时,是银光下的场圃与欢笑;成年后,是月光、灯光混合里的高楼与街道;这些年,是偶尔与家人隔窗翘首与月亮的短暂对望。今后还会有一种,它已经在展望之中,就是别人也曾有过的清辉与秀丽,在山间、水边。

那么今后之前的现在呢?现在的月亮什么样?

我现在的月亮只能是随心的。如果夜里碰巧赶上月光,会停下脚步看一看它,或者看一看月光下的树木。如果是在室内,也就是就着灯光看看窗外的幢幢夜影。不过,也有白日说月的时候。比如说就在此时,中秋日的早晨,与妻坐在庭间,闲聊那些月亮。

纸上赏雪

一冬不见雪,翻画册,找到南宋夏圭的《雪堂客话图》,玩赏了半天。

雪堂两间,左依小山、右临小湖,山脚古树虬枝,堂后劲竹森森。湖边是岸浦,浦外是丘山,湖上有渔舟,山上有高松。屋上,连同山、浦、树、竹,举目都是皑皑白雪,连渔人身上的箬笠蓑衣也都泛白。

面前的雪堂里有两人对坐说话,不知哪一位是主、哪一位是客。看姿态相谈甚欢,一定是主人思知友、客人慕山深,阔别有日、久仰多时,相见之下高谈不已。只是湖上那个渔人，不知道是雪堂主人的近邻还是与客人一般的远友，似在凝神渔捕，又像要敛舟靠岸。

　　古人的山水画，总能让观画者有人画一体的感觉。所谓人画一体，就是观画者不仅在观画，也在入画；画中人，既是画中人也是画外的观画者；画外人，既是画外的观画者，也是看不见的画中人。简而言之，就是看画的人不仅把画当作画来欣赏，还倾心把画中意境当作自己的身处与追求。今天的国画和西洋画有如此才器的或许有之，但是恐怕不在多数，一个是因为逐渐远离中国传统的哲学和美学而沉溺于功利化的创作手法，另一个是因为刻意追求表现形式的新奇和人文精神的叛逆而走向意境上和精神上的病态与偏执。

　　这样的《雪堂客话》，我也想入画其中，做一个雪堂主人。多年前，在北京还能见到大雪时，我曾以词招友："且拭旧琴台，待人踏雪来。"可惜不能遂愿。若是做不了雪堂主人，做个来访的客人，其实也不逊于巴望知友、知音难觅的主人公。或者就做一个湖上的渔翁,虽然难免风雪之寒、雷雨之暴,却也有机会静享四季清景。遇上雪堂主人,看得上我这个渔夫就相与攀谈,看不上就只卖他些鱼虾鼋蟹,换些酒食与自己过个湖山生活。

  当然,也许他们都不愿意让我取而代之。那么就另做一个寻隐访道的不速之客,与他们来一个不期而遇。这会儿,我正一路玩雪、一路踽行,已经走到山脚,将要进入画中。

家乡的春联

携妻女回乡过年,让老人欣喜不已。幼时的儿女对父母有无限的依赖,唯恐失之毫厘;如今的父母对儿女回家探望可喻以倚门而望,甚至乞求而不可得。想来令人怅然。其实回家过年并非只有老人高兴。如果心存对生活的知足,就可以收获无所不在的喜庆。

最躲不开的是此起彼伏的鞭炮声。在那些有讲究的节点,万炮齐鸣、震耳欲聋,自不必说;平时行走在华街僻巷,更当心警神惕,以免被突如其来的炮声所惊吓。这是耳闻。嘴里,吃喝不完的是美食美酒,从这家到那家，从城里到乡下。无论是素来好客之家还是悭吝有加之人，此时见到来客大都是真心迎让。至于眼里所见，青春亮丽的女郎、踉跄酒语的行人、匆忙来去的汽车，都是春节喜庆的必然元素。

岂止这些。充塞耳间的还有划拳猜枚声、麻将声，家家待客甚至随走随吃的还有糖果瓜仁各种炒货，而举目最常见的则是春联，家家户户门前未见有不贴春联的。我们归家时所感受到的第一个过年气象也即是春联。

因母亲与姐姐所居是同楼异门不隔院，我家有两个大门，所以贴有两副春联。左门是"升平天下瑞，和睦世间春"，这是大家期盼的未来，也可看作是对太平盛世的称颂。今年的春节，听到的抱怨更少了、喜笑更多了，此联恰可应景。右门联"三阳临吉地，五福萃华门"，则是小家的祈愿。上联的"三阳"源自《易经》之说，从旧年十一月一阳生，到新年正月三阳生，于是春天到、万物发了，是吉利之象。下联的"五福"，多指的是长寿、富、贵、安逸、多子孙这五个祈求。虽是俗愿,却不失传统的温馨。然则这些传统含义,连我都有些难识了。

这两副春联都是手写而非印刷,当是从街头写联人处购得,虽然笔法一般,却读来亲切。

家里就这两副春联,因此是看不够的。归家数日,常有穿街走巷之时,我与妻女就常常驻足人家门前,赏玩春联,品头论足。

"福家多美德,华室有春风。"其实院内杂乱无比,难称华室。然美德致福,春风华屋,能贴此联,让人心生敬意。

"日丽春常在,人和福永留。"这一家家门紧贴邻墙,右联只能打了一个折角。环境有些局促,读来仍显大方。

门前一小台,台下两盆小葱郁郁葱葱。两扇对开的褐色木门,贴的是"新春临吉宅,鸿福进华堂"。

这是一对婚联:"新莲沐朝阳并蒂竞放,乳燕借东风比翼齐飞。"莲花并蒂、燕子比翼都是用于新婚的贺语,我告诉女儿。

啪的一声闷响,拐角处跑出一个满脸坏笑的小子,后头还跟着一个,也是满脸喜气。拐到近前一看,路边躺着一个被炸翻的小泥罐。眼前一个依山斜坡,远处一副联,依稀只看得清"一家""万世"几个字。

有一户虽非大院却可谓深宅:两面灰墙夹一窄巷,小巷尽头即是大门。小巷齐整干净,门前邻家墙头上伸出一丛茂密的石榴枝叶。门上贴:"家有福星四面照,财如人意八方来。"

基督教人家也贴春联:"同诵感恩赋,共吟赞美诗。"这景象可看作是文化包容的结果。信教者本无他心,传教者却有深意。当年罗马教廷蛮横霸道,下令中国的信众不可拜孔子、祭祖先,遭到原本亲近基督教的康熙及乾隆二帝的强烈反制,酿成延续百余年的"礼仪之争"。那时的中国仍不失包容之度,而西方文明的侵略性已然定型并开始为害世界了。当然,这说的是历史事实。至于信仰,我总觉得中国人信什么都是真心的。

此户人家的自信源于祖先:"莆海状元裔,金章学士家。"可知其先祖曾有中状元者,后自莆田迁入本县,终成大姓。

看到一副书法最佳的联:"太平真富贵,春色大文章。"字与文一般大气,有山谷风韵。女儿的看法与我一致。

家家张翰墨,户户见春风。可惜在老家停留时间不长,难以尽览,不过已经勾起了我的兴致。想当年我在离家不远的省城工作,春节回家方便,家里的春联常是自己手写,购纸、写联、熬糊、贴联,一个人独自完成,家人至今对此还津津乐道。提及此事,妻子调侃说:你退休了就回家卖春联吧。女儿于是掰着手指头计算一天能挣多少钱。

泥墙柴门,红底黑字,带着家乡春联的这个印象回到北京。临近家门,看见回乡前所贴门联:"福旺财旺运气旺,家兴人兴事业兴。"春联是妻子抽空买的,我当时嫌俗,妻子还委屈不已:"找了好几家,都是这一类的,好不容易才找到不带金粉金字的。"

来年自己写一副春联吧,站在门口,我对自己说。并且,如果公不徇亲无法回家探望老人,能寄去一副亲手书写的春联,也可聊慰其思亲之念。

日照老人

走在阳光明媚的日照大街上,心情十分愉悦。他们说,五月的日照还看不出真正的好来,等到七八月酷暑时候来,才会有更深的感受。他们说,最热的时候,日照的气温也只有三十二三摄氏度。

他们,是老爷子和他喊来陪客的亲友团。客嘛,就是来自北京的我们这几个人。其实可以说是以我为主,因为我要来日照出差,把这几个人都"裹胁"来了。我说:看老爷子去,你们谁不去?都不敢说不去,于是乎就跟着我一起来。

我来日照，除了公事，却另有渊源。渊源有两个，一个远一个近。先说近的，实打实地与老爷子有关。10年前在外地见着他时，他说：你来日照，我准备一条船，带你出海去打鱼，打上鱼来就在船上煮着吃。我本来对日照就有个心结，听老爷子这么一说，便开始憧憬着波光粼粼的海上那条船。至于远的渊源，就是前面说的那个心结，并且得说到30多年前。那时我还在上大学，寒假回家，偶遇县里不知道什么单位在广场上搞文化活动，求对子，其中一个下联"花生花"，求的是上联。我琢磨了半天，对了一个"日照日"。也不知道当时怎么会想到日照，更不知道怎么会有个日照在脑子里。反正自此以后，这个原本待在我脑子的某个黑暗角落、拿灯照着都不一定能找着的日照，开始成为我的一个常备知识，只是一直无缘见到它的真面目，直到这次来到这里。

我问老爷子：船呢？他挠挠头，嘿嘿笑了，说：这个……俺们日照啊有很多好地方，不一定就要坐船。我大声嚷嚷起来：叔，您太不靠谱了！我可是等了10

年啊！跟我一块儿来的几个伙计就开始起哄，说我自作多情。

老爷子赶紧替我排解，说坐船出海打鱼的话确实说过，不过这个时候嘛……这个时候嘛……又挠头，然后嘿嘿说道：10年前跟你说出海打鱼，那是因为日照就那个好玩，不过这10年都过去了，俺们日照现在好玩的地方多了，所以嘛……所以嘛……对了，明天我陪你们去玩。

老伴在边上瞪了他一眼：你走得动吗？他小声嘟囔道：走嘛还是走得动的。大家都说不用不用，您把日照都有什么好玩的介绍介绍，我们自己去。

于是他就介绍起来。

你们去万平口，到那儿去看海，那海可蓝了，就跟船上看的一样漂亮，不过还是不一样——说到"船"时他瞥了瞥我这边。那里的沙滩可好了，那里的花草可好了，那里的……要不去国家森林公园也行，那里的海更漂亮——这个森林公园可是挨着海边呢，就是比万平口远一点，万平口是在市里面。

北京的一个老伙计来过日照,在边上点点头说:确实不错。

是不错吧?还有个婚庆公园,你一定没去过——他冲着老伙计说。那里不光公园漂亮,姑娘也漂亮。老没正经的,老伴斜着眼说。不是不是,我不看姑娘,我是让他们年轻人看,老爷子赶紧说。大家都笑,他也跟着笑,连老伴也笑了。

就这样半带玩笑地,老爷子又说了好多地方,有些一听地名就明白,有些地方听得半懂不懂,什么东夷小镇、白鹭湾、岚山海上碑、莒州博物馆、涛雒、浮来山、天台山等等。说到涛雒,大家就问了半天,才知道是一个小镇,那里有华裔科学家丁肇中的祖居。还有天台山,我问:怎么天台山从浙江台州跑到日照来了?没等老爷子说话,一班窝里斗的伙计又围攻起来,说我孤陋寡闻,只知道台州有个天台山,全中国叫天台山的地方多的是。老爷子挥挥手,摁住大家,说你们别欺负他,没文化不是罪过。然后十分认真地向我普及知识:日照,日照,这个地名就与太阳有关，古人认为这里是最先看到太阳的，因此这里自古就有太阳崇拜的信仰，这个天台山就有古代的太阳神殿。

我听了，也不知道真假，不过不能背着没文化的锅，插空接过老爷子的话说道：哦哦……我知道，我知道，古人说太阳神的名字叫羲和，是吧？老爷子说：对对对，天台山就有一个庙是祭祀羲和女神的。我就问：屈原《九歌》里有一首叫《东君》，说他们楚国人也祭祀太阳神，他们的羲和跟你们的羲和是一家人吗？还有，《离骚》里说，羲和是替太阳神赶大车的，那到底谁说得对？

老爷子挠着头嘿嘿了好一会儿：这一回是我们没文化了。大家又是哄堂大笑。有人看了看表，提醒说：叔，都4点了，您已经陪了我们5个小时，咱得结束了。可不是吗？我们中午将近12点的动车才到日照，而老爷子11点就在饭馆等着了，我们本想登门看望他，却变成了他出门接待我们，他可是近80岁的老人了。老爷子说没事儿，咱接着聊天、接着吃晚饭。这回他成了孤家寡人，所有人都不干，吵着都要回家。他还赖着不走，讨价还价，让大家答应了晚上9点还一块儿吃晚饭，然后才散了。我们几人私下商量，晚饭叫上亲友团里年轻的，提前吃完了再告诉老爷子，这样他就没有出来的借口了。

初夏傍晚的日照，轻风伴微雨和顺，暮色与灯光迷离。我用"日照日"应征对子的时候，日照也许还只是一个小渔村？而如今的日照，已经是一个风光旖旎的现代化城市了。不过这日照的暮色还没等我们欣赏过来，老爷子就来电话了：今晚9点，订好饭馆了。一个伙计说了句，姜还是老的辣，另一位接了一句什么什么老的狡猾，大家哈哈大笑，带着感动。

按点来到饭馆，老爷子早带着亲友团候着了。其实我们并不饿，可是这晚饭不能不吃。一来是老爷子的盛情，二来确实有好东西。个头比一个壮汉的手掌还大的螃蟹，口感嫩脆的小章鱼，黄花鱼、皮皮虾、生蚝、海螺、鲍鱼等，还有一些我们这一班伙计叫不出来名字的东西，都是海鲜。

还是老爷子的主场，他一一指点。这个海鲜怎么吃，那个海鲜怎么吃，其实怎么吃都好吃。为什么？因为日照的海鲜好哇。还有，新鲜。为什么新鲜？是侄女自己去市场买的，海里刚打上来的呢。我还没完全明白怎么个刚打上来的，老爷子又夸漏了嘴：这海鲜新鲜得就跟在船上现打现吃一样。我就问：那什么时候在海上吃一次，比较比较？老爷子似乎没听见，自顾自地继续说下去。

老伙计们就感谢侄女，说太细心、太用心了，还自己跑到市场去买海鲜拿到饭馆来吃。那是应该的，老爷子说。俺们日照人没别的好处，就是朴实、热忱。你们大老远来看我，我还不该好好招待你们吗？俺们是有分工的，侄女负责买海鲜，侄女婿负责安排饭馆，那两个孙子辈儿的，一个负责开车接送你们，一个负责陪你们喝酒。还有大儿媳妇，我那俩儿子回不来陪你们，特地让她从济南赶回来，刚下火车呢。于是我们这一班人夸不过来了，都好，地方好、海鲜好、人好，老爷子坐在那儿得意地笑着。儿媳妇在边

他们的月亮

上悄悄说，听说你们要来，老爷子可高兴了，特地跟俩儿子建了一个微信群商量怎么接待你们。

看大家热闹多时，海鲜也吃得差不多了，老爷子开始发话总结：你们几位来，带来了给我们老人食用的物质食粮，还带来了让我开心的精神食粮，我很感激。你们来日照，也得享受享受日照的物质食粮和精神食粮啊。物质食粮就是日照的美食海鲜，精神食粮嘛，除了公共的，比如说日照的风光、日照的气候，还得有私房菜，精神的私房菜。大家听了都笑，说第一次听说还有精神上的私房菜。老爷子说就是啊，是专门为你们订制的私房菜。什么私房菜呢？你们几位，还有我那个二小子——对了，我们家就他不靠谱，也不陪你们回来看我。你们都在北京工作，那么我这个私房菜就是：希望你们一定要讲奉献、守规矩，踏踏实实干工作，不搞乌七八糟的东西，让我们老人放心，让你们家的老人放心。

大家还等着，以为老爷子没说完呢，他说：就给你们上这一道精神的海鲜。于是都鼓掌大笑，有的说一道菜不够,有的说够了够了。老伴说:一晚上就这句话靠谱。

分手时,老爷子握着我的手说:下一次,下一次你来,一定带你坐船去打鱼。我说:这一次您说话不算数,但是您找的借口挺好,下一次得找个更好的借口吧?他哈哈大笑:哪能呢!

石品不凡

石品不凡

福建省安溪县的湖头镇有一个大宅子，叫作问房大厝，五进的院落，明清时期的建筑。厝，就是房子；为什么叫问房，我不解其意。总之，这是个相当气派的宅子。

问房大厝的后面，与它隔着一个几步宽的小路，又有一个十分破败的小院。说是小院，其实已经没有了院子的感觉。进门两边是普通民房，相距有七八米，目前能够看到的院子也就是七八米见方——因为没有后墙，连后墙的地基也看不到。在长着杂草的土堆中间,立着一个像是花岗岩的石头,侧看它的外形则像是一个竖起的大拇指,指肚上刻着两个古怪的字,谁都认不出来。我说第一个字像是"石",可是"石"底下只有一个"口",它却有三个"口";另一个字有人说像是"舟",可是又比"舟"字多出好几条不横不竖的"枝杈"。于是不知道是谁就用手机把这四个字拍下来,说要发给懂行的人认认。

小院曾经有个书房,是小院的主角,它与前面气宇轩昂的问房大厝都属于一个主人。主人名叫李日燝,在历史上没有什么大名声,不过他有个侄儿却是大名鼎鼎,那就是清朝康熙年间著名的政治家李光地。有那么一个大院,却把书房单独建在外头,这个李日燝有些奇特,不过李日燝的奇特不仅于此。

李日燝是李光地的二伯父。李光地14岁时,他和家里的亲属十几口人被土匪绑架,祖父为此忧愤而死,父亲束手无策只能对天悲泣。就在此时,李日燝从外地赶回家里,只身前往贼巢所在的山头与土匪头子谈判,哀求其释放家人,但未能成功。从贼巢回来,李日燝义愤冲天。他召集家里的用人、佃户100多人，以情义感动他们誓死效力，然后带着这100多人的乌合之众在一个暴雨之夜攻进贼巢，救出部分家人，但是李光地却被匪首趁乱带走。李日燝矢志不渝，率领这一拨人与人数至少十倍于己的土匪又激战数十场，终于救回了李光地。

可以肯定的是，李日燝在发生家庭变故之前不曾做官。他读过书并且始终读书不辍，这也是肯定的，不然他不会专门为自己盖了一栋书房；他后来经商发了大财，因此事变之时他也许正在外地经商；闽南人多勇武，李家祖先曾做过武官，家族也有尚武的传统。虽然有这些资历、阅历，但是敢以临时拼凑而成的农民队伍对抗颇有战斗力的土匪并且以少胜多最终还救出了人质，不能不说李日燝具有超凡的胆魄和见识。

救出李光地等一干家人之后不久，李日燝又继续他的学业，并且被选入京城国子监学习。后来，他被选为候补官员，但是他却辞官不干，又经商去了。再后来就盖了问房大厝和后面的书房小院。种种经历，从中可以再次看出这位李日燡的为人志向确实不一般。

小院那块石头上的两个字有消息了。据行家网上飞书解释，这两个字其实是由四个字构成，它们是"石品不凡"，石、品二字合二为一，不、凡二字也是如此。把字这么组合，既是游戏，更是卖弄，就如三国时期几乎难倒曹操的那个"绝妙好辞"的题字一样。卖弄什么？是智力。不过，卖弄智力的背后，是卖弄品格。

石头在中国的传统文化中不是一个十分突出的意象。如果说到石头，其内涵一般都是很简单地归结为"质朴"。若说品格，这就是石头的品格，没有精美、风雅、玲珑、灵秀之类的美意。质朴，就是朴实率真，一眼就看得清清楚楚，里里外外都一样，不为外界人言物语所动，甚至对外界的人言物语、闲言碎语显得麻木，因此这种品格还可用"拙朴"来形容——虽然朴实，却也拙笨。只是从北宋中晚期开始，尤其是因为宋徽宗的崇尚，奇石、怪石逐渐成为传统文化中的一个突出意象，石头的内涵也延伸出瘦、劲、雅、逊甚至是道心禅意之类的表达，其实是有些不真实，因为绝大多数的石头还是普通的石头，能成为奇石、怪石的只是少数。石头的品格，仍然应当是绝大多数石头的品格，而不是少数被人夸张美化出来的石头的品格。绝大多数的石头的品格，就是质朴。

在任何时候，质朴都是一个褒义的词汇。有一些词汇，在不同时期有不同的褒贬之意，或者其褒贬的程度会产生变化，比如风流、潇洒、美艳、可人等，但是质朴的褒奖赞扬之义几乎没有变化，如果有什么变化，也就是人们时而记起它、时而淡忘它。质朴这种品格除了有朴实率真的内涵，还有外延，最显而易见的外延就是刚强不屈，不像泥土让人随心所欲地拿捏。如果再往外扩展一点，就是坚守，守朴、守拙、守天性本质。

如此说来，好像石头就是什么宝贝了。其实也不然，看是对谁而言、在什么条件下。对农民，它有实用价值，但不贵重，比如可以垒作屋墙的基石，可以砌畜舍，可以铺道路，可以围梯田。在商人眼中石头就是经济利益，至于怎么用石头换取利益，他们总有办法。石头对于士兵也许就是武器吧，弹尽粮绝时就要用它反败为胜或者保存性命了。对于农民、商人、士兵或者其他的多数人，石头的用处是由它的物质属性决定的，需要时或者能够换取利益时，它就是宝贝、财富，否则就是没有用的东西。

可是在有一种人眼里，石头是不变的宝贝和财富，且其属性不是物质形态的而是意识形态的，即质朴的品格、刚强不屈的精神和始终如一的坚守。能看出石头的这种价值的人，就是读书人了。不是说只有读书人才是读书人，农民、商人、士兵还有其他各类人，都可以是读书人，读书人也可以是那些各色人等。判断一个人是不是读书人，不能简单地以他的职业为标准，而是要看他骨子里有没有读书人的情怀。

在中国的历史上，读书人是国家的栋梁、社会的精英，是推动中国社会发展的核心力量。他们信仰的是人与人、人与自然和谐的道理，并且他们对这些道理的信仰是理性的、自觉自愿的，他们要用这些道理和相关的知识为国家服务、为社会服务，当然其结果也能使自己实现人生的价值，出人头地，光宗耀祖。

为了有效服务于国家和社会、实现自己的人生价值，读书人除了自觉自愿，还要自律。那个被李日燝从土匪手里救出来的李光地，后来当上了内阁大臣，他晚年回乡探亲时见妻子新盖了一座大宅子，认为靠自己的俸禄盖不起这个宅子，任凭妻子解释说是那些经商发财的伯父叔父们捐助建造的，仍然坚持不进、不住它；他又见家族中的一些子弟借着自己的名声官势横行霸道，特意制定了家规家法，有效整肃了家风。不自律，一切信仰都是空的，这是读书人自古以来遵循的另一个道理。当然，说有信仰的、能自觉自律的读书人，都是统而言之针对一个群体的，并不是针对读书人个体而言。个别的或者是一部分的读书人没有或者虚假地拥有信仰其实又不自觉自律，这是正常现象；有信仰、能自觉自律也并不需要排斥个人合理的欲望与追求。

因为读书人的信仰及其于国于民于己的作用，在中国相当长的历史时期，读书人就成了全社会崇尚的对象，绝大多数人都钟情于做一个读书人，形式上不是读书人的也想学点、有点读书人的情怀。一个理性的哲学信仰几乎无障碍地吸引全民，并造就一批又一批的社会精英来推动社会的发展进步，这在人类历史上是一个独特的现象，也是一个进步的现象，中国能够在以往的绝大多数时期保持着社会各方面发展领先于世界的地位就是明证——只是后来这个哲学信仰体系被后人狭隘化和极端化而导致其先进性下降，不过这是另一个话题。与此相对照，以欧洲为中心的西方国家在17世纪的启蒙运动之前长时期处于思想禁锢、战乱频仍、民生疲敝、人权被肆意践踏的状态，是不是与它们精英阶层在信仰上的局限有关系呢？整体上看，以宗教为约束、以现实利益为驱动的西方国家从来就没有过一个以科学而理性的哲学体系为主体的信仰，直到马克思主义的诞生，可惜它们弃明珠而不用。以宗教为约束、以现实利益为驱动的信仰虽然一时能够煽起人们的狂热或者利诱人们顺着不自律的欲望去发展，但是它与人与人和谐所必需的求大同、人与自然和谐所要求的敛欲望是相违背的，长此以往必将走向衰败，而科学的、理性的信仰一定会显示出它的优越性的，今天的中国正在用事实再一次为此做证。对世事应当作沧海桑田之观，而非一春一秋之叹。

话说回来，李日燢书房小院里的那块石头上所刻的四个字想要表达的意思应该没有这里所说的那么复杂深远，充其量就是质朴、刚强、坚守，但是这足够立石者卖弄了。如果一个读书人能够言行一致，而不是石头之相、泥土之身，表里不一，那么这种卖弄不仅无可非议，甚至应当让人肃然起敬。又如果这样的读书人能够出于古而入于今，继续存在于这个时代、服务于这个社会，那么这种现象不也是一种品格不凡的无形石头吗？这样的石头可真是值得我们永恒地卖弄了。

见云淡而知山远

晨起眺望窗外,见一抹微云悬挂天上,惹人怜爱。因念家乡山水,虽已入冬,当山翠水淙依然。于是信口吟咏,道是"微云平淡,重山清远"。也只是这两句,随即放下。

近日于闲暇时重翻宋人绘画图册,更觉古人清淡冲远,简古高致。有宋一代,中国知识分子的独立人格与家国情怀并臻中国人文历史的巅峰。达则经世济国,展平生抱负;穷则寄情林泉,享心灵宽舒。即便不能都做到不以物喜,亦知简约自守,以图国家长盛；虽然也常为仕途生计的蹇困而悲怨，却能疏解块垒，终保做人的气节。

中国的历史，不乏被异国他族侵略甚至导致政权灭亡的悲哀章节，但是华夏文明最终都能复兴和延续，其根本原因就是中国知识分子血脉中的这种独立人格与家国情怀。并且，它们是中华文化相对于其他民族的最大优势。失去它们，中国人将几近于一无所有。因此，近现代以来想摧毁以这种精神为代表的中国传统文化的各种思潮和行为，其目的或结果都是极其恶毒的。

宋人的绘画，以平淡清远为主，明显有别于唐时流行的绮丽繁华。这种变化并非绘画风格与技巧的简单变化，其本质是知识分子对人生、社会和国家在自身责任上的重新思考与定位，并且更趋向于理性和内敛。同时期出现的重振"修身、齐家、治国、平天下"之声、理学的萌发与兴盛等现象，以及作为知识分子代表的士大夫阶层对于"用行舍藏"箴言的实践等，都与宋画所欲表现的人文内涵相表里。因此，看宋人的画，虽然满目山水，却总能感受到一股真气。

　　我离乡多年，乡心未改。近年回乡探亲之余，时常登山临水，然而未尝有遂心惬意之感。恨怅不已，渐成心结。症状之一，就是深思默想，不应不答。唯有观宋人绘画，仿佛置身其间，才能稍纾此结。每于画中见溪山平林、云天兰渚，或是松林雁栖、潇湘风起，或是村老踏歌、高士访友，或是野径扁舟、茅屋僧寺，便心驰神往，如痴如醉，难以自已。平日里，见山思乡、见云入画，或是以画拟乡、思乡入梦，已是常事，只是旁人不知而已。又不能述说，以免被人误以为矫情。

　　因此，今晨所见所吟，实为平常。事平常、句平常，由一片云而起，因云而山，因山而乡，再起无端的浪漫，把它们想象成一幅画，还没想完就上班去了。

　　当时只是自言自语，却让妻子听见了。上班途中，她发来一短信，戏问能否把这两句词送她。那是自然答应了，却又勾起兴致，搜肠刮肚，以这两句的音律，再续成一首长短词句。意犹未尽，又撰一文为词序。文已见于此，词牌乃是《鹊桥仙》，其词则如下曰：

微云平淡，重山清远，岂是寒冬凄树。此身安处是他乡，心自有芳村烟浦。　倏忽曦月，皤然鬓发，已做半生寒暑。何须明月照归途，梦里便萦怀几度。

历史的平凡点滴

手里有一份复印的档案，曾经让我琢磨了很久。

十五军二十九师八十七团三营，机枪连。我不知道机枪连是几连，但不会是九连，九连是邱少云所在的连队。另外听他说过，与邱少云是同一个营，他不说是同一个连，因此也可以肯定机枪连不是九连。他还说过，与黄继光同一个军，那么黄继光就不是二十九师了。

关于抗美援朝的经历，听他说得并不多。原因或许有这么几个：第一就是，邱少云、黄继光是多大的英雄啊，可他又不是这样的英雄，在同学、在玩伴中没有什么可夸耀的，因此向他刨根问底的兴趣就不大了。第二个，我后来仍属于少小离家，后到了北京上大学，之前主要精力也在学习上，没花太多心思去问他以前的事。如果还有第三个原因，那就是我大学未毕业他就离世了。

虽然没说太多，但也听了一些，其中有些是转述自母亲。如，坐了一夜闷罐车，然后就发现到朝鲜了；行军途中，经常是边走边打瞌睡；馒头给冻得，一捏一把冰。诸如此类，都是些小话题。那些能让那时的少年心驰神往、壮志凌云的火热场面，那些炮火纷飞、枪林弹雨的生死炼狱，几乎没听他提及。

到了后来，不需要他说我也能知道那些场景。比如，在不到4平方公里的上甘岭上，在不到一个半月的时间内，承受当时世界上最强大的军队及其盟军100多万发炮弹的轰炸、最先进战机不间断的空中打击、几百次的地面攻击，有的阵地随手抓起一把土就可以数出二三十片弹片，那是什么样的惨烈！如果再把视野放开些，还可以看到，靠我们贫弱的家底把已经打到家门口的强敌打回到他们的出发点，就像西汉时期倾力击败匈奴那样，为我们国家的长远发展解除了潜在的巨大威胁，那又需要付出多大的代价，而这些代价又岂是几个故事能描述得完整的！

在有这些理解之前，给我印象更深刻的，是躺在家里一个十分陈旧的牛皮箱子里的一些物件。最让人兴奋的是大盖帽，带着五星帽徽，可是我戴不上，因为它太大了。于是渐渐地就不兴奋了。与大盖帽一样感觉的还有皮带，也是同样的原因。至于那些大大小小的徽章，联想不到军功，偶尔只是把玩一下而已。有时问他：有伤疤吗？在哪里？怎么负的伤？问的时候、听到回答的时候，又是兴奋；慢慢地，一切终又都归于平常，包括他。

以前常听说无名英雄或无名烈士这个词，总以为说的是那些一生轰轰烈烈地建立功业却又不留名姓的少数人，就像电影里演的那样，或是盛唐的诗人写的那样。后来读《三国演义》，读到诸葛亮在泸水边祭奠战死的兵士，心中豁然：诸葛亮所祭奠的，不就是无名英雄、无名烈士吗？

诸葛亮祭奠之后，全军感奋，人人激励。这些人，他们生不求国家给他们多大的奖赏，死不求自己被多少人牢记。当山洪海啸汹涌而来，威胁我们的生命、威胁我们的家园，唯有坚实的堤坝能阻挡它们。这些人，就是堤坝里的一袋沙、一块石头。我们能记住那每一袋沙、每一块石吗？记不住的。

记不住没关系，但是我们必须记住那个堤坝，记住那一群人，这是我们能够做到也应当做到的。在人人享受和平的时候，在人人思念自己先人的时候，这一群人，他们不是为了自己而付出、牺牲，他们是为了这个国家，为了这个国家的全体人民。即便不能时时记住，只是偶尔想起时，也当心念他们的恩德；甚至，即使有些人淡漠了感恩之心，至少也不要去亵渎他们的灵魂，因为一旦失去了他们的精神，我们就只能让山洪海啸把我们淹没，直至死亡。

有时，我会与晚辈或年轻的同事说这些事，说北京天安门广场上人民英雄纪念碑的意义之类的话题。古往今来的那些人,与我从小就认为没有什么英雄壮举的他一样,都是无名的人民英雄,他们在我们的家里都很平凡。但是切莫忘记,所有像人民英雄纪念碑那样有形的和更多是无形的中华民族的堤坝,有他们在其中。

他去世的那天是8月1日,这是不平凡的一天。

真知足者即高人

晚辈回京,带来家乡的一个特色小吃,叫作葱饼。它是以肥猪肉切细再和以香葱为馅,揉面为饼皮,面上细贴芝麻,放在炭炉中烤炙,出锅后油沁饼面、皮脆肉香,馋意勾人、直入肝肠,我到北方后见到的那些熟饼夹馅与它确实难比。这个家乡特色,我年幼时并不知晓更未尝过,等到工作后,有了收入,节俭之余与妻偶尔奢享一回,后来生活更加好转,于是它就成为小吃而不是奢享了。其实它并不昂贵,至今还不及半片时兴巧克力的价钱。

晚辈带来的葱饼是他的一个远亲做的。远亲自父辈开始以此为营生,至今两代,算是家传。在家乡,做葱饼营生的不止一家两家,各家葱饼的做法,大的法则几无差别,不同的只是口味和用料。远亲的葱饼用料实在,猪肉是正经的块肉,不像有些作坊用的是杂肉。就因为这个,远亲在县里曾被评为葱饼冠军,颇受赞许。我前些年回乡路过他的门店,还看到食客排着长队,等待葱饼出炉。

这样的生意,按说应该趁势而上,多雇些人手、扩大些经营,自然可多挣些钱。据说,别家有干得好的,甚至能盖上豪宅、买上进口豪车。可是远亲有些怪僻,每天只做定量,卖完就歇工。歇工后干什么?打打麻将而已。

麻将是通俗的智力游戏,玩耍时往往还带些彩金,最为常人喜爱,也因此容易上瘾。上瘾有两种:一种是极端的,以重彩相博,沉迷不悟,能让人倾家荡产;另一种则不明显,虽然不至于废寝忘食,但总是心中挂念,得空就玩,因此对家业、学业就少了些操心,除了在麻将桌上神采飞扬,日常总有些得过且过的感觉。前一种瘾如快刀割喉,后一种则如温水炖蛙,都是害人的。当然也有真只是把麻将当作休闲游戏的,玩时全神投入,玩罢不存心魔。

这位远亲,就是这样一位不存心魔的玩家。虽然天天都要耍上一把,在牌桌上也常常锱铢必较、大呼小叫,但不曾荒废了主业,每天照样认认真真地用块肉做葱饼。比其他人是少挣了些钱,却也衣食无忧。

宋人《过庭录》中有一则故事,说是杭州一个有名的笔匠郭纯隶,技艺高超,向他求购毛笔者络绎不绝。这郭纯隶也有个毛病,就是每天只挣五千钱,大约也就是五两银子。挣够了,就关了铺门,与妻子到西湖各处游玩。玩够了,还要再到酒楼喝一顿酒。直到日薄西山,夫妻二人才相挽携着,踏歌而行、酩酊而归。人家问他,沽些酒在家里喝,不也惬意吗?他道:家里不是没有酒,只是没有那个趣味。

古人说知止,是止于至善,其实知足而止可谓另一种知止。至善不易知止,知足也一样,非高人则难以企及。不过看那个做葱饼的远亲和郭纯隶,似乎要是真做到了,也别有乐趣。

闲话负暄

北方的冬天乏善可陈，无青山绿水，少蓝天白云，举目灰蒙。更兼近年严重的城市污染，雾深霾重，让人不愿出门。唯有一个好处，就是可居家负暄，过些小日子。

所谓负暄，其实就是晒太阳。负者，承受之意；暄者，就是阳光的温暖。南方一入冬，天多阴雨，虽然山清水秀，却寒冷难耐，因此旧时的城乡多以炭盆竹笼之类的器物烧炭取暖，不过也是一景，常让离乡游子回忆。北方冬季多晴天，暖日当空，虽身在室外，也足以御寒。即便寒风凛冽，在屋内隔窗负暄也倍觉温暖。冬天的南方秀而多阴，冬天的北方旷而多晴，可见天道公平。只是于我而言，就因为有这晴空暖日，北方的冬天才不至于一无是处。此话易说难听，北方人听了，也许会斜眼待我。

冬天晒太阳，貌似是大众化的享受。有一典故，即出自鄙夫负暄之说。一位农夫，家徒四壁、冬无暖被，一旦天明日出，就在屋前晒太阳，颇得其乐。他又很有些忠心，怕君王与自己一样贫寒又不知负暄取暖之术，想着要把这负暄的秘诀呈献给君王。这农夫忠心有余，智敏不足。天寒负暄，可谓人之本能，君王岂能不知？且若要献忠，别人或许早献了，岂会等他？再者，君王也不至于贫寒到负暄取暖的地步。然而，农夫的淳朴又值得嘉赏。

负暄的大众化，体现在对它的直接享用。而如果仅把它当作一件助兴之事，在晒太阳的同时另有一些赏心乐事，那么负暄就成为一种时尚品位了。

能够追求时尚品位的人，不会是村野鄙夫，必定

是读过一些书的人。读书人在晒太阳时会有哪些赏心乐事呢？基本都是带些穷酸劲的事，譬如吟诗作赋，琴棋书画，喝酒作乐，诸如此类，古往今来，有诗为证，杜甫、白居易等人都有吟咏，不在此列叙。也有不吟诗作乐的，只是闲聊，也聊得有文化，并且聊出思想、聊出抱负来，因此古往今来就有不少负暄而就的文章著作，单是以负暄为名的书籍就有不少，如《负暄杂录》《负暄闲语》《负暄琐语》，此"负暄"、彼"负暄"的。有的读书人实在没事干，不吟不赋、不玩不乐、不思不想，与鄙夫一样只有太阳可晒了，也会装出难得有闲负暄之态，挖掘些晒太阳的文化内涵，摇头晃脑，满腔的不同凡俗。更有甚者，还有人想象一只与他一起晒太阳的苍蝇也有欢乐之心，宋朝的杨万里就是如此，"隔窗偶见负暄蝇，双脚挼挲弄晓晴"，他连苍蝇搓手搓脚的喜悦感都发掘出来了。

不论何种人晒太阳，它都是件好事。有太阳可晒，就感觉到生活的满足，可见知足常乐；晒太阳还能晒出品位、文化，又可见生活乐趣无处不在；人当有追求,但是又不可过于追求。而晒太阳就是一件无甚坏处的追求;晒着太阳,无贪欲、无邪念,也可看作是无意间的谨约自守,毕竟晒太阳远胜于晒钱、晒权、晒色。古人曾说,"淡泊明志,宁静致远",不知道是否包含了负暄的这种含义。

我一入冬即喜欢负暄,当然只是在节假日。我的负暄自然不是农夫式的,负暄时也做一些其他事。以往时候,常会与儿辈谈论一些诗词文章,如今女儿课业较忙,便以自娱自乐为主,读书读画、写文写字,或弈一局棋、喝一壶茶,或与妻计议小食正餐、与访友对窗高谈阔论。每当此时,就由衷地感受到北方冬日的好处。

那天,又是晴日当空,一友人来访。尚未落座,瞥见窗外两只喜鹊在枫枝上下打闹。年过五旬的友人乃书画双馨的名家,想是常年城中居住,难见这景象,竟惊喜道:"大鸟!大鸟!"又掏出手机隔窗拍照。末了还问:"它们在这儿干吗呢?"

我答:"负暄吧。"

那些蜗牛

出得门来,刚迈出第一步,就听见脚下轻轻的一声咔嚓,心中一紧。俯下身来,果然见到一只被踩扁的蜗牛。举目再看,三四米长的道上还爬着大大小小的,不下十只。

夜来大雨,我大开窗户,借雨声入眠,却不知道雨何时停住。早饭后,想出门吹一吹凉风,一迈步就遇到了这一群蜗牛。想必是昨夜雨长,地浇得太湿了,把蜗牛们都赶到石板路上,害我踩了一只。

我蹲身细看这满地的蜗牛。

不远处最大的一只，小指盖大小，已经爬到路边，身后留下长长的一条水印。扁桃似的小圆壳面带螺纹，壳中伸出个小肉身，顶着两条色暗细长的触角。触角时长时短，时而并立，时而相近，时而相离。左边的那条触角应该就是触氏，右边的则是蛮氏了。

庄子说触氏与蛮氏大战，两国倾巢出动，相与争锋、尸横遍野，败者溃逃十余日，胜者追击三千里。殊不知有庄子在旁，所有的恩怨宠辱、风云意气，不过是蜗牛的两条触角而已。

在庄子看来，他与触氏、蛮氏，乃一旁观、一当局。不过他忘了自己化蝶之事。触蛮之中还有庄子吗？这可当作蝶梦之问。庄子在旁观触蛮时，是否别有庄子在看着他与他所旁观的触蛮？这又可当作梦蝶之问。譬如释氏的须弥芥子，不唯芥子中有须弥，须弥本身也不过一芥子而已。

蝶梦之问、梦蝶之问，颇似个智慧之问，可惜只是相对于庄子触蛮之论的只言片语而设。庄子之意，本在于阐述追名逐利的不屑，而非天外天、物中物的玄虚之学。避其根本而故作疑问，不过是伪学问而已。况且，再高明的理论，时过境迁，旁人、后人都可以从中挑出些不足、补充些道理，但并不能否定当时论者的睿智。不仅理论，物事亦然。以今时的见识遍抑历史，以外人的心态穷责家人，貌似高明，实则愚昧。非要如此，必是沽名钓誉，就如我这所谓智慧之问。但若这么说，难道古人、今人就不容褒贬了？亦非如此，关键在于中庸，在于平衡。凡事不可过，过则失中、失衡，则为灾。

　　触蛮之论是至理。不过至理不是绝对的，它的正确性需要有一定的限定条件。人人都看轻了恩怨宠辱、风云意气，那自然是好事。但若是一些人如此而另一些人如彼，那么最终的结果将会是弱肉强食、仁义亡而强暴兴。因此，儒家就有一种派别观点，提倡的是王霸义利，还有一种相似的理论，强调的是内圣外王。这些理论都讲求对内对外、对人对己、对思想和对现实的平衡。可是内圣外王的概念却又是庄子的首创。因此，莫以为庄子就与儒家无关，也莫以为儒家就不容庄子，就如莫以为庄子就是庄子、庄子说的触蛮就只是触蛮。说不定，庄子就是触蛮，触蛮也就是庄子。

那只大蜗牛爬到我脚下来了。我用两个手指轻轻提起它，放到路边的草丛里。还有一只大如半粒米的小蜗牛，以及其余的那些大小蜗牛，都被放回到花草之间。在另一场大雨之前，我可以放心地走在这条步道上。

站起身，脑子里还残留着庄子。不知道我会不会被当作蜗牛，或是触氏、蛮氏，或者就是庄子，被我看不见的另一个庄子或是触氏、蛮氏或是蜗牛，观察着、嘲笑着或是提起又放下甚至被踩着？也许，他们就是我，我就是他们，已经在并将继续地观察、嘲笑或提起、放下甚至踩着自己。

雅俗皆引风

家里空调不太凉,一身是汗,把衣服都湿得半透了,于是操起一把蒲扇摇起来,只觉清风拂身,透心的凉爽。再往家人身上扇去,大家都喜逐颜开。妻子就想起小时候她父亲也是经常这样给家人扇着,温情历历在目。又接过来扇,却扇得不利索,左摇右晃的,不一会儿就喊手酸,然后干脆就扔下了。

多数时候,蒲扇是男人的扇子。女士和未成年的小男孩一般摇不动蒲扇,小女孩就更不用说了。为什么?因为蒲扇的扇面大、柄细,扇面大就需要用力才能扇动,柄细则容易使扇面在扇动时随风滚动,让手握不稳。没有足够的把握力,是用不惯蒲扇的。其实摇蒲扇有技巧,那就是手握扇柄的时候,尽量靠近扇面部位,拇指指肚按着一面,其余几指自然放松地按着另一面的扇柄扇面交界处,这样摇起来既轻松又稳当。只要掌握了这个技巧,女人也能扇蒲扇。可是能摇蒲扇的女人总是远远少于男人,并且这种女人都有些男子汉气概,因此我说蒲扇是男人的扇子。

幼年时候,在夏夜的月光下嬉戏,不时带着一身臭汗来到父母身边,让父亲或者有些剽悍的母亲用蒲扇狠扇几扇,霎时就能身如冰肌、体似轻燕,又重返玩伴的战场。不过,有时讨到的不是冰凉清爽而是热疼辣痛。父母见孩子淘气或有犯忌出错,一时气急,就挥起蒲扇劈头盖脸地教训几棒。蒲扇怎么还有这个功能?是的。把蒲扇倒转,捏着扇面、以柄作棍,上下挥舞之间,落在身上也着实是有劲道的。教训孩子是门学问,大凡技艺高超的父母就如武侠中的高人,什么都是武器,心到、意到、手到,运用自如。若是修为不够，这大蒲扇挥起来不是打空了就是打错人了。

当然，蒲扇的功能还有很多，比如在户外、室内都可以驱赶蚊虫，尤其是在孩子入睡前，掀起蚊帐一通猛扇，基本上就能把蚊子都赶出帐外。还有，到邻家串门，把它顶在头上可以遮阳、避雨。蒲扇还有个不分季节的好处，就是对着柴灶炭炉扇一扇，能让火势更旺。太上老君用炼丹炉炼丹和烧孙悟空时拿的那把扇子就是这个作用。神仙不怕热，不需要用它引凉去暑。

蒲扇这么多好处，可惜弱女子用不上。不过天道公平，她们也有扇子，那就是团扇，面圆如月、柄细似葱，小巧玲珑。

团扇自古有之，西汉时有一首诗《团扇歌》就提到它。团扇因为它的形制特点，专供弱女子使用，不是有诗这么说吗，"团扇，团扇，美人病来遮面"。我不是弱女子、病美人，但是小时候见到团扇也觉得喜欢，到现在仍然认为它雅致。

这回因为妻子摇不惯蒲扇，就上网给她买了两把团扇，扇面还带着画，一个是春桃，一个是海棠。她也就喜欢了两天，就扔在沙发上了，偶尔拾起摇摇，再扔下。倒是女儿暑假回来，见到团扇觉得新鲜，或许也是喜欢它的雅致。

确实，与团扇相比，蒲扇完全是个俗物。自古以来没有听说哪个文人墨客摇着蒲扇吟诗弄赋的。其实它也曾经与雅致沾过边。东晋的名人谢安有个老乡从广东中宿县罢官归来，没有什么家财，却攒了五万把蒲扇。谢安向他要了一把，成天拿在手上摇着。于是京都的文化人竞相效仿，向那位倒卖蒲扇的老乡高价求购，让他狠赚了一笔。这或许是蒲扇唯一一次与雅致相逢的机会，最终却又走到钱上去了，说起来还是俗。

不过，俗物适宜过生活。

北师大的市井

一

拧动把手拉开薄薄的铝合金门,门与框摩擦出沙哑的声音。门的年岁虽然不及这座低矮的小平房,但从外观上看它们还是相配的。

"理发,有空吗?"我问,其实并没有其他顾客。虽然是第一次来,我算准这个时候不会有什么人。

"有。"放下手机,话音里没有表情。看他的长相,也难有表情。

我有足够的时间探寻,是坐在左边这张椅子呢还是右边那张。然后他指了指:"请坐。"

我坐下,开始把自己融进这里的气场。

"长点儿还是短点儿?"该他问了。还是没有表情。

"短点儿。"

"要打薄吗?"又问。

前面、后面,这样、那样。我定了几个框框。

然后就是剪子的声音,听起来反倒是很有些表情。

静坐无聊,于是我把脑子里的东西调一些出来陪我。家里的事、单位的事,书里的事、书外的事,过去的事、现在的事,哪个好呢?

事事有学问,我常跟单位里的年轻人说。我甚至夸耀称:"就是在餐馆里端盘子,也要端出水平。"这理发也是如此。古人不也说吗,"处处留心皆学问"。这句话的下一句是什么来着?好像是"时时"还是"事事"之类的什么?

"好了。"剪子的表情又换成了他的表情,我从脑袋里调出来的东西连同古人的那半句话也都回脑袋里去了。

我对着镜子看了看:"嗯。"

掏钱,找钱。准备说"谢谢",倒让他抢先说了声:"慢走!"

回家,进门。妻子有些诧异:"理完了?这么快?"

我算了算,下楼、理发、付钱、上楼,也就10分钟左右。

"进来,进来,我看看!"女儿在她屋里喊。

我站在她门内,脑袋冲她晃了晃。

"不错不错!哪儿剪的?"

"楼下。"我说,"有一位神剪。"

二

"你说,他们真辛苦。每天凌晨3点起床,从东边的通州赶到南边的市场批发蔬菜,再拉到北边的师大卖,绕一大圈哪。"

我不爱跟人聊琐碎的事,这种细节我平时真不会注意到。

他们是姐妹俩与各自的丈夫。俩连襟负责进菜,俩姐妹负责卖。怪不得时常看到连襟中的一位,大白天的蜷在一个角落眯着,原来是在补眠。

妻子一边洗着蘑菇,一边说:"这是我让他们进的,带着土。他们说,带土的不好卖,都爱要洗过的,回家省事。这回家洗一洗有什么难的呢?他们也说是。"

"会者不难,难者不会。"我打着哈哈。

妻子与姐俩熟络得很快,聊进菜、卖菜、买菜、做菜。进菜、卖菜妻自然不懂,可要说到买菜、做菜,妻还是有一些说话资格的,连姐妹俩有时还请教,招惹得一些老顾客一起听着。

"师大毕竟是师大,连买菜的老太太多数也都是温文尔雅的。"妻说。

我有同感。有一次在肉铺,就有一位老太太坐在边上拉着我慢条斯理地说话。

"好几天没见到那个妹妹,原来回老家了。"

"怎么不干了？"我问。

"不是，回家照顾老母亲去了。"

"噢。"

"老母亲瘫痪在床，好多年了，九个孩子轮流照顾。不只是姐俩，是九个。两个儿子，一家照顾两个月；七个女儿，一家照顾一个月。时间一到，天大的事也得放下，回去接班。"

"嗯？"

难怪妻子与她们能聊得近。"平时就觉得她们不是那种斤斤计较的人。"她说。

不怪我诧异。我对他们感觉不深，当然我也没有感觉深的资本。平时偶尔接到指令去买些菜，几乎都是机械化思维，把几个环节串在一起自然就完成任务。我对姐俩和连襟们的观察，有时还不如对这家菜店外面的物事观察得仔细。

比如，我就觉得奇怪，大冬天的，菜店外的林子里，不知是谁在小树上扎了一枝假花，红扑扑的。

还有，我平时下班回家晚，停车时总觉得菜店外一辆电动小三轮车在那儿碍着事。周末大白天下楼,瞧见那个姐夫骑着它一溜烟走了。背后望去,看见车斗的后挡板上用白色的油漆写着四个字:"靖国犬社。"

三

买肉这活儿有些内涵,一般不会让我承担。多年来,偶尔交办此任务,妻子也是叮嘱半天。其实有些话我不愿说。天下最美是猪肉,我吃过的猪肉,比起她们娘儿俩吃过的,加起来再乘以二,有过之而无不及。实践出真知,吃也是实践。

不过,肉铺我本也不爱进去。不是怕里头有个什么鲁智深的对头镇关西,也不是君子远庖厨、心怀戚戚,是嫌里头油油腻腻的。

这家肉铺,到目前为止我也就进过一回两回,都是跟班。进去后不言不语,接过肉就先出来候着,或者到对门的菜店里侦察一下看看有无喜欢的蔬菜。今天不同,是独立执行买肉的任务,自当用心。

肉铺门前清清爽爽，左右玻璃窗，中间铝合金门，都挺干净。门楣顶上横立一个牌匾，写着某个品牌的冷鲜肉，既是广告也是肉铺招牌，一匾两用。除此之外，门前没有其他广告。也不尽然，右边的玻璃窗上在里头贴着一张广告，白纸黑字，却贴反了，得从里头看，才看得出写的是什么。

进门，只有一个伙计，相貌不完全如妻子所描述的那样。妻子说："新来个老头当伙计，个子又矮，哎哟喂，什么都剁不了。让他剁一块排骨，你看他把刀举得老高老高，都碰到头顶上的灯了，剁下来就跟拿铁棍砸似的，砸半天砸不断。"其实我看他不算老，虽然瘦弱，也就40岁左右？

我按指令同时又在授权范围内，结合自己的喜好挑了一块肉，让伙计切开。我看他切肉还是挺麻利的。又趁着没有其他顾客，与他聊着天。

伙计是甘肃人，庆阳市。庆阳我知道，有些历史，古时叫庆州，北宋与西夏交战时是前线。近代，红军长征到陕北时，这里是重要的落脚点，有许多故事。

庆阳人应当能吃苦，前年我妻因手术住院，护工就是庆阳的。伙计此前做过快递。为什么不做了？他说有些顾客太计较了，没意思，就不干了。干快递之前干什么，没来得及聊，因为我看到肉案边的椅子上扔着一本书。

《弟子规》《三字经》《百家姓》，三合一的一本书，油渍满面。

"这书，你看的？"

"啊，没事翻着玩儿。"

我语气没变，还是对着一个肉铺伙计的样子。可是心里头有些不一样了。

付过钱、接过肉，回头出门。没迈出门槛，瞥了一眼左窗上从外头看贴反了的、白纸黑字的广告。

不是广告！

相当秀气的毛笔字体，由上往下、从右到左写着："宁可居无竹，不可食无肉。"

我的天，这是肉铺啊，我心想。

想道说道

弈道

友人想让孩子跟我学围棋,我力却之。论棋力,我还是有些自信;但是要说教棋,我自知不合格。

我的围棋,是在大学里由一位北京籍同学启蒙的。说是启蒙,也就是摆上塑料纸做的棋盘,一人一罐冰冷光亮的玻璃棋子,然后他说怎么走就怎么走,他说谁死谁就死。以半年后的眼光看,这位启蒙先生的棋艺相当稀松平常,可是对于第一次见到围棋的我,当时的他讲棋时无疑有道骨仙风般的高致,对弈中却又有凶神恶煞般的狂暴。半年下来，我成了唯一坚持为启蒙先生提供胜利喜悦的人，其他同学多半抱着残忍之心以极大的乐趣在一旁看着一条生命在挣扎中慢慢死去，如果围棋有生命的话。

其实围棋就是生与死的博弈，做死活题是围棋教学中最重要的练习项目之一。不过，围棋的生死与中国象棋或国际象棋不同，它不是一兵一卒、一车一炮的生死，是集体的生死。任何一着棋，都要为集体负责，乃至为全局负责。围棋有胜负着，一两着能起到置敌于死地的作用，但围棋的最终胜负却是集体的胜负、全局的胜负，象棋那种满盘死尽就靠一两个棋子决胜负的情况在围棋中几乎是不存在的。中国的集体主义意识，是如此强烈地体现于围棋和其他许多文化中。

一个十分偶然的情况下，我在图书馆里发现了一本围棋书，讲的是简单的布局、中盘和收官知识，其中印象最深的是对布局重要性的见解——谋篇布局能决定一局棋的胜负。启蒙先生似乎忙于什么更有乐趣的活动，无意中给了我一周的时间琢磨这本书。周末的时候，先生回来。言语未毕，棋已摆上。一局下来，先生的棋如落花流水。他目瞪口呆想了半天，最后问道：你看书了吧？

是的，书就是我的老师，我的围棋是自学成才。自学成才，自古以来都是成才的一个重要渠道，不过古时为这个渠道设置了不止一个的人才使用平台，而今这些平台却几乎没有了，于是就有了"千军万马过独木桥"的说法。

继打败启蒙先生之后，我相继打败了全校的高手。当然，按现在的围棋水平评判，那时的高手包括我在内，也就相当于如今的业余中等水平。

我的围棋自学路，却不适用于友人之子。一者，孩子可不是跟我玩乐趣来的，来了就要学本领，而我的本领大多却是从玩中得到的，可是孩子耗不起玩的时间；再说，如今的我也玩不起，下班后读书、写作、思考、发呆，偶尔还要媚一媚妻、课一课女，连家务活都能免则免，也没有时间陪孩子乱玩。孩子要学棋，就得找个正儿八经的老师教教。

　　这就讲到老师的水平了。友人说：你那水平，还教不了一个懵懂小子？我道：不然，下棋与教棋是两回事。作为围棋老师，他的水平不必太高，适应需求即可。重要的是，他能够由浅入深、有条有理地将该教的知识技能用学生喜欢听的、听得懂的方式讲清楚。能做到这一点，他就是好老师。好老师未必是好棋手，好棋手未必是好老师。刘邦善将将，却不善将兵；韩信是善于用兵的良将，却不是治国的人才。这都是同样道理。

　　友人听罢，也就不再强求了。

商道

　　一企业家，其貌不扬，形短身瘦，然而说话有神，言语简练。初识他时，据称刚刚投资20亿元为企业建了一个科技研发中心。一个民营企业家，能花巨资建科研中心而不是简单地投入再生产甚或搜刮点地皮搞房地产生意，让人刮目相看。更有甚者，其人年纪当时未满三十。

如此一个小青年，靠什么获得事业的成功？不唯在座众人，我也有此疑惑。座中有憨者直截了当地问起他第一桶金的问题。第一桶金是舶来的词语，指的是创业过程中所赚的第一笔钱。对于许多民营企业家，回答这个问题难以启齿。我曾有近10年基层工作经历，深谙此中奥秘，因此除非遇见极度亲密者或者极度反感者，一般不问。

企业家却毫不隐讳，细说了他第一桶金的故事。

他的发家与水产品有关。省城的人们素来爱吃鳜鱼，可是本地却不出产，都是从广东贩运。吃鳜鱼讲究鲜活，每天要从老远的广东运来，主要靠符合一定条件的汽车运输。企业家此时还只是一个十分普通的小鱼贩子，但是在某一天却做出了一件极不普通的事。

小鱼贩找到所有运送鳜鱼的车主，请他们运送鳜鱼，而付给他们的运费是平时每天收入的一倍。这种好事是有一个条件的，就是只能运送小鱼贩一家的鱼。于是就在另一个某一天,除了小鱼贩之外,所有的鱼贩子突然发现没有人承运他们的鱼了,而这个省城所有的桂鱼批发商都成了小鱼贩一家的客户。

在那一个月,小鱼贩净挣了一亿多元。

此前,小鱼贩把他的想法与几个同乡商量,希望他们参与他的计划,有钱同挣,但是同乡们都拒绝了,因为不相信他的计划能成功。看到他的成功后,同乡们又主动找他请求合作,他则来者不拒。虽然有所分利于他人,却也多了帮手。

那一年,这位未来的企业家才15岁。后来,他进军实业,又发现拾人牙慧重复别人的产品故事并不利于公司的长远发展,于是就有了建立自己的科研中心、研发自己的产品的想法。

这个故事有些传奇色彩,而这位年轻的企业家无疑是一位商界奇才。虽然他第一桶金的获取略有不正当竞争之嫌,但是与那个时代许多一夜暴富者相比,这种不正当性相对而言是轻微的,而小鱼贩的智慧则显得无比耀眼。

众所周知，当今我国的社会创新能力仍然有待提高，尤其在高科技领域。提升我国社会的创新、创造能力，解放民间的智慧是一个重要途径。中国的民营企业家只要看到机会，就会全身心投入，就会聚集人才、凝聚人心，在科技创新、产业升级等社会发展和进步的几乎各个方面发挥更大的作用。

他们需要的是机会，平等参与和平等享受政策的机会。

厨道

人再清高，饮食是难免的需要；人再节俭，吃饱也是合理的追求。既然要吃，为什么不能吃得好一点呢？

我说的好，指的是舒心，而非食材高档、餐室堂皇、有专人伺候的奢靡。不奢靡，仅靠家常饭菜，能吃得好吗？能，就在我家。我家不需要什么高档物事，更没有什么哆俏女郎劝食，我只有荆妻一个，为我做饭烧菜。她也不是专职厨师，是兼职。与我一样白天上班，下班之后就兼职做个不挣工资且须替我持家省钱的厨师。其实就是厨娘。

我家厨娘没有经过专业培训。若说没有任何培训也非事实。当年她与我热恋时，我请她品尝我的厨艺——也就是吃方便面。泡着吃、煮着吃，常吃不厌。后来我就教她这方便面该如何泡、如何煮才好吃，她悟性极高，加上未出阁时在娘家有所熏陶，很快掌握了技巧，又主动将技艺应用范围扩展到几乎所有日常的食材，并且一路精进。这勉强算是她的专业培训经历。

厨娘的手艺奇高。最普通的鱼肉菜蔬，哪怕只是清水萝卜、土豆白菜，在她手里都能做成让我赞不绝口的佳肴。她又有爱岗敬业精神，平时老琢磨着研发新菜，有空翻翻书，或者在饭店里突然有点感觉，回头家里就有新菜出来。她还有一个本领，就是在看似家里空空如也、只剩下一半条菜根、几数口咸菜的情况下，仍然能做出一桌美味，着实让食者叹服。

因为有这样一个厨娘，我不时在家里宴请朋友。家宴是有道理的：一是总想与好友分享美食，二是比饭

店请客省钱，三是炫耀，炫耀有这么一个厨娘。厨娘也真值得我炫耀，她曾经独力做过二三十道菜，供十几位饕餮享用，并且得到真心的夸赞。当然那是厨娘年轻时候，如今有些体力不支了。

客观地说，厨娘的本领也不仅来自实践，在一定程度上也是夸出来的。难得我们一家人都为她捧场，应当说这是厨艺不断进步的重要动力——人都是需要成就感的。

不过，厨娘厨艺再高，仍有她不及之处。比如，有时她想吃口方便面，就得央求我重操旧艺亲自下厨，她说我做得比她好，虽然那是她的启蒙手艺。又可见，方便面是厨艺的根本，虽然我多年未下厨，可是这个根本的手艺没有丢，这一点她不服不行。

曾与厨娘探讨过一个问题。我平时难免要在外边应酬吃饭，可是常常感觉外边饭菜恨多思少。有些饭菜，乍一尝口味尚可，细嚼之余就品出乏味来了，就是不如家里的饭菜耐吃耐品。难道是饭店的厨艺不行吗？

厨娘悠悠说道：那不是厨艺的问题，是用心。我用心琢磨你们的口味，用心爱护你们的身体，如此专门打造出来的饭菜，你们能不喜欢吗？

我恍然大悟。用心是一切技艺的基础。没有用心，什么水平都高不到哪儿去。用心，对谁用心？自然是对自己服务的对象，对自己深爱的人。

苏辛同为宋词豪放派领袖新证

"《念奴娇·赤壁怀古》,宋,苏轼。千古江山,英雄……"

"那是辛弃疾的《永遇乐》。"

"噢噢噢,大江东去,浪淘尽,千古风流人物。斜阳草树……"

"又串了。"

"那个那个,故垒西边,人道是,三国周郎赤壁。乱石穿空,风流总被,雨打风吹去。等等!等等!乱石穿空、惊涛拍岸、卷起千……堆……雪!江山如画,气吞万里如虎。"

"两首词用的是不同的韵耶。"

"呵呵呵呵,我想想。那个江山如画,一时……多少豪杰。想当年,那个想当年,那个遥想公瑾当年,小乔初嫁了,雄姿英发。金戈铁马……"

"你这个笨丫头,打扁你!"

"别瞪别瞪……雄姿英发,羽扇纶巾,谈笑间,气吞万里如……谈笑间,樯橹灰飞烟灭。故国神游,多情应笑我,早生华发。凭谁问……"

"廉颇老矣……"

"尚能饭否?错了错了,你看,你错了吧。是人生如梦,一尊还酹江月。好了!"

"嗯,真棒!现在知道为什么苏东坡、辛弃疾是一家了吧。"

"是的是的!"

附：以上新证所据

苏轼《念奴娇·赤壁怀古》

大江东去,浪淘尽,千古风流人物。故垒西边,人道是,三国周郎赤壁。乱石穿空,惊涛拍岸,卷起千堆雪。江山如画,一时多少豪杰。

遥想公瑾当年,小乔初嫁了,雄姿英发。羽扇纶巾,谈笑间,樯橹灰飞烟灭。故国神游,多情应笑我,早生华发。人生如梦,一尊还酹江月。

辛弃疾《永遇乐·京口北固亭怀古》

千古江山,英雄无觅,孙仲谋处。舞榭歌台,风流总被雨打风吹去。斜阳草树,寻常巷陌,人道寄奴曾住。想当年,金戈铁马,气吞万里如虎。

元嘉草草,封狼居胥,赢得仓皇北顾。四十三年,望中犹记,烽火扬州路。可堪回首,佛狸祠下,一片神鸦社鼓。凭谁问:廉颇老矣,尚能饭否?

沧浪旧话

又见汉家少年子

读旧书,见南宋时人描述金国的皇帝熙宗,"虽不能明经博古,而稍解赋诗翰墨,雅歌儒服,烹茶焚香,弈棋战象",因此说他"宛然一汉家少年子"。读罢心中暗笑,金熙宗这不正宗的汉家少年倒比现时的我还强些。

今人说起中国古代的辉煌,必定要说汉唐气象、唐宋风采。其实,所谓汉唐的气象与唐宋的风采,它们被认知的角度是不同的。说到汉唐,更多是说它们在鼎盛时期的国力强盛,具体而言是经济的富庶和军事的强大；说到唐宋，则除了鼎盛时期的经济富庶之外，就是文化的兴盛了。当然，这种认知不能绝对化，不能无视两汉时期的文化大发展，也不能简单地说两宋就是积贫积弱——两宋实际不贫，其与契丹、西夏、金、蒙元这几个从当时全球视野上看待也属力量强大的华夏少数民族政权能对抗300年，也不是用一个军事积弱的论断就能解释清楚的。

说到文化的兴盛，唐与宋二者相较，也有各不相同的鲜明特征。

唐朝的最大特点是它的文化包容性。包容到什么程度？无论是皇家还是身为国家精英阶层的士大夫，甚至是平民百姓，都广泛地接受外来文化。如曾被唐太宗立为太子的李承乾，喜欢说突厥话、穿突厥衣；还有，那时无论是哪个阶层的人，都喜欢吃胡饼、戴胡帽。北宋时期的范仲淹有一首气象博大的词，"碧云天，黄叶地，秋色连波、波上寒烟翠"。这首词的词牌名叫作"苏幕遮"，它的本意是波斯人的围巾，唐朝时用作宫廷歌舞的曲子名，后来才演变为长短句的词牌。也可见，这种文化的包容是消化、吸收后的包容。

至于宋朝，文化的最大特点是对外的影响力。以朝鲜半岛为例，唐时朝鲜半岛政权分裂，与中原的关系时好时坏，那时双方交往最醒目的元素是战争。到了北宋，文化交流则成为主要话题。高丽国不仅经常派人到中原学习文化，还派知识精英参加北宋的科举考试，考得出身后或在中原为官或回高丽理政。至于宋朝前期的主要敌手、被金国取代的契丹大辽国，毫无疑问已经成为宋朝文明的崇拜者，其精英阶层都要学儒家文化、习汉家语言的。

因此，与宋朝中后期同一时代的金熙宗一身内外的汉家少年样并不奇怪，虽然统治金国的主体是那时与契丹一样被中原王朝视为胡虏异族的女真族。而金熙宗之后的金世宗更以"躬节俭、崇孝悌、信赏罚、重农桑"的中国传统治世理念和成就，被本国人赞誉为"小尧舜"，其治世良莠的评判标准和终极目标仿佛与中原王朝无异了。

沧浪旧话

当然，我们说宋朝强大的对外影响力，也并不能贬低汉唐时期同样已经具备的文化自信。仅仅就中原文化对契丹及与其同时期或稍后的少数民族政权的文化影响而言，唐朝的政治制度已经深深地烙印在唐末和唐朝之后的历代国体政体之中，如以宰相为首的政府主政、以枢密使为首的枢府主军事的分权制，以翰林学士为内制、中书舍人为外制的文秘制度，以及前述以尧舜的仁爱观对国家的治理，等等。从语言、文字、生活、经济、军事乃至政治上，中原文化强大的对外影响力自唐末、五代已经形成，到了宋朝则已然全面浸润于当时的外国异族了。如果将汉唐时期所面对的匈奴、突厥、回纥、薛延陀等主要外族与中原的文化关系与两宋时期所面对的主要外族做一比较，就可以看出，中华文化发展到宋朝，其对外影响力的强大和难以抗拒性是此前的中国所不可比拟的。

马克思曾经深刻地指出："野蛮的征服者总是被那些他们所征服的民族的较高文明所征服。"这一深刻论断不断地被中华文明的发展史所验证。在中华民族几千年的历史中，国家的经济和军事实力多数时期都是强大的，但是也有衰弱的时候，并在衰弱时被当时的外国异族所欺侮甚至占领。然而，因为我们始终繁盛的强大的文化，使当时的那些外国异族即便在政治上占统治地位，终究还是接受了中华文化的陶冶感化，转而成为后来中华民族的一个组成部分。即便到了因闭关锁国而导致政治、军事乃至文化急剧落后之时，最终仍然是曾经的文化辉煌唤醒了民众，让中国在国家生死存亡的危急时刻选择了正确的道路，并使中华民族重新走上复兴的征程。

　　回望历史，其实也是有些困惑的。无论是汉、唐还是宋，中华民族的强盛中，政治、经济、民生、文化，似乎总缺那么一点恰到好处的契合，不是缺了这么一点就是缺了那么一点。比如，如果汉唐时我们就已经具备了如宋时那样在世界上已经领先的政治民主、民生理念和文化穿透力，眼界会不会更加深邃？或者如果宋时仍拥有汉唐强盛时的军力、对外来文化的自觉包容，国运会不会更加从容？当然我也知道，这种假设是浅薄的。历史从来都不需要假设，一切发生的历史都是合理的存在。需要假设的，是正在进行的现在和尚未进行的未来。

因此，还是把眼光放在现在、放在未来。当今中国所处的世界，已远非汉、唐、宋时的格局；承载一个盛世气象的基础，也已不是简单的政治、经济、军事、文化等等几个直观的元素。那么，中华民族应当怎么做，才能具备国家强盛的所有元素并使它们达到完美的契合呢？

在中国共产党的第十九次代表大会上，习近平总书记从经济、政治、法治、科技、文化、教育、民生、民族、宗教、社会、生态文明等国家和社会发展的各方面，对中国的现在和未来做出了规划和指引。今天的中国人对人类的认识、对社会的认识、对世界的认识、对自己的认识，已经远远不是汉、唐、宋时的那样局限于眼界，更不是自清朝中后期到民国时期的那样落后于世界。诚如习近平所言："我们比历史上任何时期都更接近、更有信心和能力实现中华民族伟大复兴的目标。"

如果将来哪一天,不经意地发现身边怎么多了那么多"俨然汉家少年子",甚或见说又有新的"胡帽""胡饼"与我们的社会融为一体,那么这些表面现象的背后,必然是汉唐和唐宋的气象与风采已经回来的实质,而且更有可能的是,那时我们的气象和风采已经超越汉、唐、宋。若到了这一天,是不是就可以这么说了:中华民族的伟大复兴已经接近于甚至是已经实现。

沧浪旧话

暮春时节,家中母女二人去苏州游玩,归来后说起苏州景致,只觉得沧浪亭最佳,屋宇素雅脱俗,竹径深曲清幽,颇有古意,更兼游人稀疏,行驻惬怀。其余各处景点,虽然不乏精致,却多了些俗气。

沧浪亭我未曾游访过,却知道它的来历与众不同。脱俗或人稀,都源于它的这些来历。

先说略近些的。

北宋仁宗庆历四年,亦即1044年秋天,负责编发朝廷文件的机构进奏院的主管官员苏舜钦,因"进奏院案"而被削职为民。此案中被一并处分的还有一批年轻人,他们受到处分前在被视为国家未来栋梁的馆职官员群体中占据了多数,且是范仲淹主持的庆历新政改革的最坚定支持者——这是反对改革的势力十分嫉恨的。

庆历四年是改革的关键之年,却又是不利于改革的一个多事之秋。苏舜钦的"进奏院案"之前,另有两个大事件都削弱了仁宗皇帝对范仲淹的信任。这两件事,一个是围绕是否修筑陕西水洛城以有效防御西夏而引起的巨大争议,另一个是"公使钱案"。范仲淹和韩琦在陕西主持军政时培养或重用的文武才俊如滕宗谅、尹洙、张亢、种世衡、狄青等人,多数都被逮捕下狱而后又受到严厉处分。保守势力的"剪裙边"战术取得了成效,进而迫使范仲淹等主持改革的核心人物离开了朝廷。之后,就发生了"进奏院案"。

"进奏院案"的案情其实很简单,就是十几个年轻人聚在一起,搞了个以往每年都搞的聚会,然后就被人罗织以"监守自盗""诋毁圣贤"等罪名处分了。

改革的反对派对此次有针对性的打击十分得意，公开炫耀说终于把这一批支持改革的最重要的鼓吹手"一网打尽"了。

此案中，苏舜钦受到的处分最重。削职为民意味着仕途的断绝，以入仕实现读书人修齐治平的家国情怀和光宗耀祖的人生抱负，从理论上讲已不再可能，它无异于政治上的死刑。个人的遭遇加上改革的挫折对苏舜钦精神上的打击，其严酷程度可想而知。

削职为民后，苏舜钦闲居于苏州。他有一次经过苏州州学亦即官府所办学校，见西南边有一块荒地，风光殊佳，就把它买了下来。这块纵横五六十寻也就是横竖各100多米的地，只花了4万钱，折银应当不到40两，还不包括三面环绕的湖面，因此十分划算，难怪苏舜钦的好友欧阳修夸此地"清风明月本无价，可惜只卖四万钱"。苏舜钦在此构屋筑亭，打算由清风明月陪伴着，从此不问人间事。其中所筑的亭子，自然就是沧浪亭了。这些因果在他的《沧浪亭记》一文中皆有记载。

但是，他想不问世事，其实很难。先不说主观说客观。他的邻居也就是那个州学，是范仲淹10年前被贬到苏州时所建。当年范仲淹也想在苏州安个家，于是找到一块地，是吴越国第二任国王钱元瓘之兄、广陵王钱元璙的南花园。范仲淹让堪舆先生看风水，堪舆先生说此地极佳，如果在此安居，子孙将飞黄腾达。范仲淹听罢十分高兴：我正打算建一所州学，那就把它建在这个风水宝地吧。可见这一带的风景都是有讲究的。苏舜钦看中的地，也曾经是吴越国末代国王钱俶的重要将领同时又是钱俶的妻弟孙承祐的花园。仅从这一点渊源看，苏舜钦注定逃不脱人间世事。更何况，他建亭并为之取名"沧浪"，也说明他主观上无法逃离。

说起"沧浪"，就有些远了。

至少在东周的春秋时期，楚国一些地方就流传着一首童谣，其中有两句歌词为后人所记载，那就是："沧浪之水清兮，可以濯我缨；沧浪之水浊兮，可以濯我足。"这两句话，字面上好理解。沧浪，可以认为是溪水之名，也可以认为是溪水澄碧之貌；濯是洗涤；缨是帽子的系带，帽子代表一个人的尊严，系带也代表着尊严与高尚；足是脚，什么地方它都踩，不管是洁净还是肮脏。但是，这两句话除了字面上的意义，还可以做什么深刻的理解，则是见仁见智的了。

孔子听到这首童谣，告诫弟子："清斯濯缨，浊斯濯足矣，自取之也！"在清澈时濯缨，在污浊时濯足，或是相反又或是两可，都取决于每个人的不同追求。而百年之后的孟子在引用孔子的教导时，又把这两句话做了引申。他以那些追求浊水濯足者的结局为证，来阐述追求清水濯缨的必要性："夫人必自侮，然后人侮之；家必自毁，而后人毁之；国必自伐，而后人伐之。"一切的屈辱败亡都首先来自自己。

到了屈原，他行吟于江湖，遇到个渔父。他对渔父说："世人皆醉我独醒，举世皆浊我独清。"渔父不否认，不过建议屈原不妨学学古人，"不凝滞于物，而能与世推移"。这是遇清则濯缨、遇浊则濯足之意。对此，屈原并不认可，说宁赴湘流、葬于鱼腹，也不能蒙受世俗尘埃。渔父觉得可笑，唱着童谣扬长而去，不再理会屈原。渔父唱的童谣也是那两句"沧浪"，算是对屈原的最后劝诫。但屈原到底也还是没有听他的，真就投身于江流鱼腹之中了。

这么多的"沧浪"，苏舜钦取的是哪个意义？哪个是他可以摆脱的，哪个又是他不可以摆脱的？恐怕哪个他都摆不脱，因为它们都还在沧浪之中，都还是人间世事。

可见，苏舜钦的沧浪亭并不能如他在《沧浪亭记》中所愿，能使自己"安于冲旷""笑悯万古"。可不是吗？几年后，他就在愤懑中病故了。跟他有同样境遇和结局的还有与欧阳修一样同为一代才俊的尹洙以及滕宗谅。滕宗谅在"公使钱案"后被贬到岳州，颇有政绩，其中之一就是重新修缮了岳阳楼。岳阳楼修缮完毕，下属请示滕宗谅何时举办个落成典礼，他答：办什么典礼，就凭栏恸哭几场吧！话虽如此，滕宗谅却也知道还是要让自己的成就被后人所知晓，于是向范仲淹求文章。他求取文章之时，恰恰是庆历新政失败、范仲淹再一次被目光短浅的保守势力排挤的时候。心情郁暗的滕宗谅，无意中催生了思想光明的《岳阳楼记》。《岳阳楼记》不只是写给滕宗谅的，范仲淹还想写给韩琦、富弼、欧阳修以及尹洙、苏舜钦等等这些国家的未来栋梁。

因此若论因果，倒是范仲淹做到了"安于冲旷""笑悯万古"，如果说这"冲旷"是由衷的豁达、"笑悯"是勇敢地承担。由此看，《岳阳楼记》是既在沧浪中——因为它的"居庙堂之高则忧其民，处江湖之远则忧其君"，也在沧浪外——因为它的"不以物喜，不以己悲"。

沧浪亭，这个苏舜钦摆不脱、避不开的沧浪，曾有无数个前生，它们在沧浪亭建成之前就已经化作历史的烟尘。按理说，随着苏舜钦的亡故，沧浪亭也将作为其他什么胜景的前生，被岁月之风吹散于江天而了无尘迹。可是情况却并非如此。就有那么一些人，也不管它是什么样的沧浪，始终追寻不已。自宋至元明清，虽然亭宇屡圮屡废，却又屡葺屡建，且沧浪之名,断而不绝。于是就传到了今天,让我们家这一对母女还有其他一些人还能有幸看得到。

至于苏州其他一些园林胜景,其实也是精美雅致,都值得品味。只是它们与沧浪亭有一个本质的不同。沧浪亭,是人心历经岁月而不绝的沉积,因此略显沧桑;那些园子,是倾人力、物力、财力的建造,有富贵相。太平年代,自然趋富贵者多、品沧桑者少,因此那些园子便熙熙攘攘,沧浪亭则更为清幽。爱看哪一个,取决于人们的喜好,或是一时,或是一世。

听母女说沧浪亭,我也心动,想去看看。当然若是去,其他园子也会看的,既为品旧时的沧桑遗韵,也为惜今世的富贵太平。

思之无虞

安徽宿州的灵碧县有一个虞姬墓,虞姬墓往南六七十里地是垓下,往西百来里是大泽。

自秦朝末年到楚汉相争的结束和汉朝的建立,在中国历史上波澜壮阔的这个篇章中,大泽是起点,垓下是终点。强大的秦帝国在立国短短15年后迅速地倾覆灭亡,起因是陈胜和吴广在大泽乡的起义而引发的群雄逐鹿,又以刘邦在垓下战胜项羽这位最后的传统英雄而结束了这个篇章,继之以中国历史上另一个辉煌的时代。天翻地覆的巨变,起点和终点竟然集结于小小的宿州，这不能不让人感叹历史命运的奇幻。

虞姬是西楚霸王项羽的美人，她的存在与前面所说的历史的起点和终点没有联系。在垓下之战中，项羽见败局已定，对着虞姬唱了一首歌，虞姬于是自刎而死以示对爱情的忠贞，她的事迹不过如此。如果不是司马迁在《史记》里记录下这个完全可以被历史忽视的细节，虞姬或许永远不会被后人知晓——她不像陈胜、吴广、刘邦、项羽还有那个时代的其他英雄豪杰，司马迁和《史记》不记录他们也会有别人和别的历史著作记录，而像虞姬这样的无关乎历史进程的女子在历史上不可胜数。因此，我觉得在这件事上司马迁是一个好事者，竟然在《史记》这样伟大的历史著作里为她花费了宝贵的文字。

项羽是盖世的英雄，秦朝灭亡后他以霸王之尊号令天下，可是到了穷途末路时连自己最心爱的女人都无力保护，眼看着她——不光项羽看着，项羽之后的无数人都在通过各种文学的、艺术的形式看着——在自己面前死去，让人着实对虞姬心生悲悯。这悲悯自虞姬死后、自《史记》开始,根植于国人的心中,长盛不衰。并且一定有这种悲悯的因素,让人们因此对项羽的命运也扼腕叹息,多了一份同情。如果失败的是刘邦而不是项羽,那么虞姬的结局一定是一出喜剧而让历史的旁观者宽怀欣慰吧?至少我当年读到霸王别姬的故事时就是这样想的。不过随着年岁的增长,多读了些书、经历了些事,发现并不那么简单。

秦朝是一个伟大的朝代,它在政治、经济、军事等多方面建立的社会制度对中华民族的发展进步具有划时代意义,比如在全国实行郡县制的行政区划、对人口实行户籍管理等等,更不用说统一文字、度量衡、货币等奠定国家大一统格局的重要举措。相比于秦朝之前和之后的许多朝代,秦朝的国家制度以及社会现象在许多方面具有不可超越的先进性和不可思议的历史前瞻性,又比如说民众的地位相对更加平等而传统的贵族不复存在,等等。这种先进性和前瞻性早在秦朝还只是周王朝时期的一个诸侯国时就体现出来,它们也是先前的秦国能够在战国末年的群雄逐鹿中成为后来的秦朝的主要原因。因为先进，所以强大。

可是强大的秦朝，竟然因为陈胜和吴广率领几百个以木棍为武器的农民掀起了全国范围的起义反抗，只过了三年就土崩瓦解。为什么起义？因为生存——生活与生命，至少陈胜吴广和他们的农民起义军以及绝大多数主动或被动地参与到起义洪流中的百姓是如此。

秦朝建立后大兴土木，修长城、修驰道、修阿房宫、修秦始皇的骊山陵墓，都需要征用大量的劳动力，而秦朝对劳动力的征用是无偿、巨大且十分不讲道理的，常常出现南方的百姓到北方服役、北方的百姓到南方服役的现象。有一个数字说，秦朝时期人口最多时约2000万，而每年服役的成年人最多时要达到200万。男丁即成年男子不够，就征用女丁。大量的劳动力脱离生产，民生必然疲敝，国家经济必然受到严重影响。

在这种情况下，秦朝的法律又十分严苛，对百姓的各种处罚名目繁多。东周时期的秦国之所以能够迅速强盛，靠的就是法治，用法治强行统一全国百姓的意志，它使秦国在对外的征战杀伐中形成了强大的战斗力和有力的经济支撑。但是秦朝建立之后的和平建设时期，秦朝的法治仍然沿用了非常时期的理念和思路，甚至有增无减。陈胜、吴广与九百个农民从南方被罚往北方的渔阳守边，走到大泽乡时，因连日大雨无法前行而必将延误抵达渔阳的日期。按照秦朝的法律，"失期，法皆斩"。误期这样不大不小的事都要斩首，那怎么让人活呢！于是陈胜说，横竖都是死，我们宁愿造反而死。九百人被迫造反，并且带动了九千、九万乃至更多的人加入。除了这九百人，之后那些参与造反的大多数人肯定没有像陈胜吴广他们那样犯了失期当斩的过错，有些人甚至未必犯错，但是他们毫不犹豫地参与进来了，那又是为什么？原因都一样：不是为了生活，就是为了生命。

国家的制度再好，如果漠视了民生，往往是无法长久的。

那么，秦朝灭亡了，民生就一定会好转吗？未必。

如果说陈胜吴广的大泽举义初衷是为了生存，那么后来的目的和走向就变了。也许不是或不完全是陈胜吴广他们变了,更主要是他们的继承者变了。继承者的代表人物,自然首推项羽和像他那样贵族出身的一批人,而推翻秦朝的目的,则悄悄地变成了东周末年诸侯国的复国运动,变成了贵族的游戏。于是,楚、齐、燕、韩、赵、魏等战国七雄的身影又出现了,楚王、齐王、燕王、韩王、赵王、魏王又回来了,当然也多了刘邦这个汉王和其他一些小国小王。在秦朝灭亡的当年即公元前208年,共有十八路诸侯得到分封。而项羽呢,则成了霸王。这十八路诸侯王都是霸王分封的——虽然彼时还有一个名为天下共主的义帝,他实际上只是受项羽摆布的傀儡。这就像是周朝的分封制,尤其像极了东周末年各诸侯国人人称王的时期。不过,东周时期的周王虽然是共主,却不征伐当然也没有能力征伐各个诸侯国,而项羽这个霸王动不动就四处讨伐别人。我们可以这么理解:霸王,霸王,既是王又是霸。王不用说了,好理解,这个霸就像春秋时期的齐桓公、晋文公那样的霸,率领一批诸侯兄弟讨伐其他不听话的诸侯国。所以，霸王是集王与霸于一身的天下共主。

这样的政治格局，百姓的民生会好吗？看看战国时期的纷争，百姓的困苦可想而知。

汉朝初期的著名政治家贾谊说，秦朝刚建立的时候，长期经历战乱的天下百姓祈盼民生安宁，因而愿意服从大一统的中央集权式管理。这样的分析是有道理的。中央集权相对于诸侯割据，是政治的进步、社会的进步，自然也是历史的进步。但是贾谊又说，秦朝建立之后，秦始皇应当重新奉行周朝的政治理念，"裂地分民以封功臣之后，建国立君以礼天下"，还回到分封诸侯、用周礼治国的那一套，才能永葆长久，这就是明显的书生之见，要开历史的倒车了。我们不能因为秦朝的灭亡而否定它政治制度具有先进性的一面，然后用一个已经被历史淘汰了的理念来治理国家。说周礼过时，先秦时期诸子百家的出现就是明证，它们作为治理国家的理论和方法，都是很有力的竞争者。冤有头债有主，秦朝的灭亡是因为它法治思维的简单化和对民生的漠视。法治是需要的，民生是不可漠视的，一个是经验，一个是教训，都来自秦朝。

霸王项羽做的，恰恰是抛弃了秦朝的经验而又蹈袭了秦朝的教训。分封诸侯，当社会从奴隶制向封建制发展、进化时，它是先进的，但是到了群雄并起争霸时则是反动的，因为它必然伤害民生，甚至危害国家的完整。

就在这样的时候，被项羽分封为汉王的刘邦站出来与项羽争雄。刘邦不见得一开始就有超越项羽的见识、想让国家的治理回到中央集权制，至少他挑动楚汉相争时不会有这个想法。但是，刘邦不站出来，一定会有其他人在其他时候站出来。历史的发展中，英雄的作用不可或缺，而这样的英雄是历史用它的发展规律创造的，或者说顺应了历史发展规律并且有能力改变历史的人就是英雄。古人常说天命，其实天命就是历史规律的必然结果吧？总之，一定会有人改变这样的局面，不管是有意识还是无意识地。刘邦是不是

推动历史进步的英雄，要等到他战胜项羽、建立新的政治制度才能看出来。最终的结果，如今的我们是知道的，刘邦战胜项羽后，虽然仍然实行了分封，但分封制已经不是国家治理的主要形式，中央集权的体制已经开始生根。并且，刘邦取消了异姓诸侯王，又将分封制与中央集权的郡县制并行，还派遣中央政府官员到同姓王的封地协助管理行政事务。刘邦的分封，是在中央集权下相对的封建制。这一套制度，与秦朝相比有所不如，但是比项羽进了不止一大步。正因为如此，才有了让后来的中国人为之自豪的大汉雄风。

平心而论，推翻秦朝的最大功臣，除了陈胜、吴广应当就是项羽了。在早期推翻秦朝的斗争中，如果不是项羽带领楚军破釜沉舟、在各路诸侯畏缩不前时奋勇取得巨鹿之战的胜利，秦朝与各路起义军和诸侯的力量对比和形势所向不见得对秦朝不利，而刘邦则难说能够有机会偷袭秦朝的京城咸阳并且成功得手。在这一时期的征战中，项羽毫无疑问是起义力量的领军者；对于秦朝灭亡后的政治格局，项羽也无疑是各路诸侯不得不服从的制定者。

因此，这才是悲剧呢。客观上最有能力开创盛世基业的项羽，以一个与自己心爱的女人相同的方式死去，而这个悲剧早在他分封十八路诸侯甚至更早时就上演了，它的结局是注定的，不可逆转。因此，不存在什么假如胜利的是项羽而不是刘邦的情况。项羽或者说项羽所代表的旧的政治思维必败，胜利者即使不是刘邦，也一定是代表历史进步的其他人。之所以说项羽是最后一个传统英雄，原因也在于此。

一般说到历史，往往说的是政治史、法律史、战争史等等。至于民生史，古往今来鲜有专著。其实，民生决定了国家的命运，就像国家决定了民生的好坏一样。民生在绝大多数的朝代更替或社会动荡中都是最重要的因素之一，如果不一定都是唯一的话。西汉王莽改制、东汉黄巾军起义、中唐之后国力的衰落、宋朝结束战乱频仍的五代十国、明朝的式微与灭亡等等，无不与民生息息相关。民生是人心，是改变历史发展的动力，谁看到它并站在它一边，谁就是推动历史进步的胜利者——离我们最近的一个历史事例就是1949年新中国的成立。一个国家，先进的、进步的、强大的，这些特质最终都要作用于让社会安宁、让百姓幸福这个终极目标，或者说是产生这样的最终结果。

如果用这种思维来看待项羽，那么对项羽失败的悲悯之心会不会受到影响，让人不那么同情他了？可能会的，虽然这有点狠心。同情少了些，叹息依旧。至于对虞姬，另当别论。

虞姬与项羽不一样，她几乎与历史的这一切无关。她的存在，如同满天繁星之下的一只萤火虫。这种对应关系，可以延伸到大泽、垓下、项羽、刘邦以及那个时代的人物和风云，比之于虞姬和虞姬墓。当我们仰望星空，谁会在乎身边微渺的一点亮光呢？可是人们毕竟不可能时刻都在仰望星空，日常的生活才是要时时刻刻踏踏实实地过着的。当我们在夜晚的户外随意行走时，如果能看见一只萤火虫从眼前飞过，心中是不是会倏然有一种惊喜的感觉？我们不会在意它想去哪里，是飞向夜空或是潜卧草间，因为我们永远不知道哪里是它的归宿。但是如果见到它被夜雨凌虐，甚至被行人践踏，一定会心生怜惜。惊喜或怜惜，都是人最本能的真情，不需要以学识修养、眼界阅历这类后天培育的资质为基础。由此看来，司马迁不是好事者，他是心有真情的人。

据说虞姬墓上曾经有一片桃林，一到春天就繁花带笑，可是它们的果实却不好吃，小而苦涩。后来重修虞姬墓，因为担心桃树破坏封土，就把它们全都砍去，这是几十年前的事了。不过我去那儿游访时，发现墓丘上其实还有好几株。当地人说，那是它们自己不知怎么又重新生长出来的。

闲来说个辛弃疾

两年前曾想写一本集子,说些自己关于宋词的印象,印象中的主角既有宋词,也有那个时代的人和事,当然都是从自己的眼中看出、从自己的心中想出的。只是开篇之后才发现,这印象并不好写,完全不同于读一首两首宋词后的感怀心绪,于是搁笔。

虽然搁笔,却也开了个数千言的小头。开篇第一章篇名叫作"一江都是泪"。何以一江都是泪?君不见,"郁孤台下清江水,中间多少行人泪"。因此这一个开篇是从辛弃疾说起,从《菩萨蛮·书江西造口壁》说起。这首《菩萨蛮》，我看作是辛弃疾一生的心结所系。

  曾经读过一些关于辛弃疾的史料，读过他残存至今的那些著述，更反复翻读过邓广铭先生所著《稼轩词编年笺注》，但我仍然不知道自己对辛弃疾的了解到底有多深。只是，计划中的要写出很多词、人和事的那本宋词印象的集子，确实是因为开篇的辛弃疾而却步了。

  关于那本尚无影无息的集子，就说到此为止了。我想继续说的是这样一个主题：读懂一首宋词，最好先读懂作者那个人。当然，要读懂那个人，也需要读懂那个时代。不过，作为一个历史人物，那个人与那个时代其实是一体的，也都是需要读懂的。因此，就是那个人吧。读不懂他，还能懂他的什么词呢？

  我不算读懂了辛弃疾，否则我就可以把那个集子写下去了——又是那本集子，真的不再说了。不过我以为，至少该从可以读懂的角度去读懂他。比如——

  他是一位干才。他早年治滁州，在湖南创建飞虎军，《论盗贼札子》阐述的治贼的根本在于治政的思路，都是例证。

他具有超越同时代政治军事人物的战略眼光。所上的《美芹十论》《九议》等策略，金国不是最大祸患、"仇虏六十年必亡，虏亡则中国之忧方大"的预言，韩侂胄"开禧北伐"将败的预见，其中的见识都是时人所不及的。"开禧北伐"失败后，程珌随朝廷重臣同时也是辛弃疾好友的丘崈收拾残局，归来后向宋宁宗报告宋军溃败的状况时说，"无一而非弃疾预言于二年之先者"。

他对国家存在的问题具有很强的洞察力，至少在军事上是如此。比如他说，禁军只可"列屯江上，以壮国威"，而若要渡淮迎敌，"则非沿边土丁断不可用"。对照一下曹玮、范仲淹当年治理陕西边防的成功策略，很容易找到它们的共同点。而辛弃疾在湖南安抚使任上创立"飞虎军"的用意之一，也是要培养一支具有强大战斗力的厢军、土兵队伍。惜乎无人在意他的意见。

他终身寂寞。虽然带领区区50人深入敌穴擒获叛将南归而让宋高宗"一日三叹息",虽然也曾有一些宰执大臣如虞允文、叶衡、王淮等赏识他,但是所有这些当权者对于他恢复中原的雄才都认识不足。主战的要人尚且没有几个懂他的,主和派、稳健派的要人更不必言。宋末的谢枋得曾言,"南渡后宰相无奇才远略,以苟且心术用架漏规模",这是一个时代的悲哀。至于推崇他的更大一批人,他们是无力荐举、使用他的。

他学识广博。人人都知道,稼轩词的一个特点是掉书袋。掉的什么书袋?是古今中外,经史子集,诸子百家,甚至故事杂说。一肚子的学识无处使用,只好用来写词。

辛弃疾本可以成为一个政治家或是军事家,可是最终成为一个词人,把生平的气节抱负都变成了词。写词,是他能够自由展现抱负的唯一手段,虽然是不得已的手段。别人写词,豪迈者需要想象气魄,婉约者需要营造柔情,辛弃疾不需要想象,不需要营造,他胸中尽是这些块垒和痴情。

要读懂辛弃疾，这些都不可缺少。但是，却又还不够。在今天这个时代，对历史知识的匮乏影响了我们对许多人物和事物的正确认识，更何况还有许多轻浮之人的浅薄之见时时泛起，干扰人们的眼界。因此，要读懂辛弃疾，还需要肃清某些对他的误解甚至是谤言，端正其形象。比如：

他不是武将。虽然说是壮岁旌旗拥万夫，他几乎没有当过一天的武将。如果说还有一丝可能的话，那就是他聚集义军投奔山东义军首领耿京之前，或许是作为领军人物带了一小段时间的兵。从在耿京军中任掌书记开始，他就已经是文官。但是这并不影响他的忠勇形象。以文制武是宋朝的国策，文官地位高于武官是必然的倾向。以文制武，在朝廷表现为主管军事的枢密院大臣多数由文官担任，在地方则表现为作为文官的知州等府州军监的主官是帅臣，领导当地的驻军及管军武将。就如辛弃疾于敌营中生擒叛将不能就此说明他是武将一样，他一生历任知州、安抚使等帅臣职务包括他晚年力辞的兵部侍郎之职，也不说明他具有武将身份。

他不是贪官。有人说，辛弃疾曾被监察官员弹劾，说他"奸贪凶暴""肆厥贪求"，说他在福州时"掩帑藏为私家之物，席卷福州，为之一空"；有人进一步印证说，朱熹任南康军知军时曾查扣过辛弃疾派军士贩运牛皮的商船；还有人说，朱熹曾经在信州辛弃疾的庄园考察过，认为太奢侈，并引洪迈《稼轩记》为证；更有人甚至拿辛弃疾慷慨助人之事来证明他贪敛致富。以辛弃疾"贪官"论为噱头者不少，据称尤以香港某大学教授最有号召力，内地一些媒体网站也跟风炒作，实为浅薄无知之至。虽不值一驳，却惑人甚广，姑且简要评论，点到为止。

其一，自北宋王安石变法开始，宋朝的监察制度已逐步沦为权臣排斥异己或者急功近利者沽名钓誉的工具，一些人弹劾官员的罪名用语往往骇人听闻。且看屡受贬谪的辛弃疾在晚年67岁被起用时朝廷对他的评价："谋猷经远，智略无前。"再看68岁辞免兵部侍郎任命、皇帝拒绝他的辞免时的评价："卿精忠自许，白首不衰，扬历累朝，亶为旧德。"监察官员的抨击与朝廷的评价，又何其天差地别。

其二，用军费经营以获取利息再充以公用，这是宋朝制度所允许并广为实施的做法。今人研究宋朝，浅尝辄止、不求甚解，连知其然都说不上，安能知其所以然？朱熹拦截船只，只是他老夫子一本正经的本色而已，否则他岂能又放行，给自己背上徇私卖放的罪名？

其三，古时置家产，买田不易，建广轩高堂不易，造雕梁画栋不易，却没听说买野山野水不易的，否则陶渊明就无处可隐了。既然说《稼轩记》有描述，就应当细读，看看洪迈是怎么描述辛弃疾的庄园的，此处无须多言。需要多言一句的，是国内另一位大学教授的荒唐注解。对于辛弃疾《西江月·示儿曹以家事付之》中"趁早催科了纳"一句，可笑地解释为：此句说明辛弃疾曾当地主收租。更有甚者，辛弃疾有词作说"老子平生，元自有金盘华屋"，竟因此说他的确发达过。那么杜甫有诗自叹云:"志士惜白日,久客藉黄金。"看来杜甫其实并不穷困,也曾富甲一方了、带着黄金四处游荡了。

其四,辛弃疾资助的人应当不少,其中一位赵方,是南宋中后期的重要人物。辛弃疾殁后,他的幼子曾携寡母投奔赵方,于穷困潦倒之中得赵方回报。辛弃疾若是贪官,其妻、子何至于此?

对辛弃疾的谤言不止于此,无须一一细辩。如"杀人如草芥",应该是说他对盗贼手狠了些。与他同时代的项安世有一首《文村道中》说:"十五年前号畏途,只今开辟尽田庐。分明总是辛卿赐,谁信兜鍪出袴襦。"项安世此诗夸赞辛弃疾主政时安定民生,并注:"辛卿名弃疾,前此帅荆,弭绝群盗。"再如说辛弃疾好色,引用一些早被方家辩驳的荒诞不经的传言,以及胡编一些对词句的理解,以印证之,则更不屑在此理论。

说的是读懂辛弃疾,可是将此话说远了些。那就再说回来。难道一定要读懂作者,才能欣赏他的词吗?

当然不是。每一首宋词，从字面上去理解总有它的优美之处。有时这种优美与作者内心所思是相同的，有时则不尽然。不尽然时，我们欣赏的其实是另一首宋词。我们常常是在不尽然的状态下欣赏宋词的，可是那又有什么关系呢？况且，唐诗宋词的魅力之一，就是不同读者的理解和感受能够产生不同的美感。

不过，如果我们一定要准确捕捉到作者所要阐述的美，捕捉他的真实感受，那么读懂他是不可缺少的前提。对辛弃疾是如此，对任何一位宋词作者都是如此。

"郁孤台下清江水，中间多少行人泪。"读不懂辛弃疾，就读不懂谁是行人、何来的泪。而如果错读了辛弃疾，就甚至可能亵渎了那些行人、那些泪。

如今想来，将那本集子搁笔是正确的，否则我也要堕入浅薄之列了。

笛声似水流千年

喜欢一首苏轼的词《昭君怨》:"谁作桓伊三弄,惊破绿窗幽梦?新月与愁烟,满江天。 欲去又还不去,明日落花飞絮。飞絮送行舟,水东流。"一阕送别词,优美无比。

此词点睛之笔是起首两句,以桓伊吹笛曲《梅花三弄》的典故引出与人别离的愁绪。桓伊是东晋名将,曾配合谢安之侄谢玄创造了淝水之战战胜强大的前秦的奇迹。桓伊又是当时的吹笛高手,最拿手的保留曲目就是他自编的《梅花三弄》,后世流传的同名古筝曲据说即是此曲。桓伊的笛艺为时人所追捧，曾有一个他为王羲之之子王子猷吹笛的故事可证之。王子猷在船上闲坐，见岸上人马路过，边上人说是桓伊。王子猷派人拦住桓伊，邀请他为自己吹奏一曲。桓伊于是下马上船，坐在小凳上连吹三调，复又下船上马继续前行，自始至终二人没有言语交谈。桓伊与王子猷此前素未谋面，子猷于此不觉唐突，桓伊于此不觉纡尊，可谓魏晋风流之写照。

追捧桓伊笛艺的还有皇帝。东晋孝武帝在宴席上请桓伊吹笛，桓伊吹罢对孝武帝说，臣除了吹笛，还擅长以筝自弹自唱。孝武帝于是另请一人吹笛为桓伊伴奏，谁知桓伊唱的是曹植的《怨歌行》："为君既不易，为臣良独难。忠信事不显，乃有见疑患。"曹植此诗咏叹的是西周初年周公忠心见疑的事，而当时的谢安因为主导了淝水之战的胜利，虽挽救了东晋政权，却反被孝武帝猜忌并为一些新贵所排挤。桓伊一曲未毕，谢安老泪纵横，皇帝则面有愧色。

我是凡情未泯之人，每读此典实，亦难免为桓伊动容。

不过,据说古代还更有吹笛高手。唐玄宗时吹笛第一人李謩,曾在越州泛舟时遇一高人。当时李謩应客人之邀吹了几首最擅长的精妙笛曲,听者只觉山清林寂、波涌鱼翔,赞叹不已,却有一位被唤作独孤丈人的老者总是面无表情。众人不忿,多有怨责,于是独孤丈人用李謩最心爱的笛子吹奏了半曲。笛音方起,声发入云;调转韵回,万籁俱寂。可是正待旋律高唱时,笛身应声迸裂,妙曲戛然而止,因此说是只吹了半曲。李謩诸人拜伏敬服,把独孤丈人视若神仙。

能把竹笛吹裂,必然是心有神韵而施之于笛身之故吧。其实古人常把笛声与飘然来去的仙人相联系,《太平广记》中就记载有几则传说。古人又常把清幽的意境与贫困却能守清守志的读书人相关联,赋予他们一股神清气朗的精神。范仲淹年轻游学时,就曾与几位友人在陕西鄠县的圭峰山间,遇到一位清贫的读书人。每当月明星耀的夜晚,这位读书人都要吹上一支笛曲,三十余年从不间断。而当笛声响起,峰峦回响，明月照人，又恍如仙境。

独孤丈人的裂笛在古代成了典故，于一些诗文间有所表现，主题也多是夸赞妙曲神韵。到了辛弃疾，他的裂笛之见却另有寓意。友人陈亮来访十数日后回归，辛弃疾复于雪中追访陈亮不得，夜宿客栈时听到邻家笛声，因此心生悲情，写下了一首著名的《贺新郎》词。下阕结尾，"问谁使、君来愁绝？铸就而今相思错，料当初、费尽人间铁。长夜笛，莫吹裂！"能裂笛的，是家国之恨所郁积的忧愤之气了。

辛弃疾的裂笛之见还包含了笛声的另一层意义，就是咏叹离情。李白有诗道："谁家玉笛暗飞声，散入春风满洛城。此夜曲中闻折柳，何人不起故园情。"为什么呢？笛声悠远，离情深切，都是挥之不去、萦绕心间的，因此笛声中有故园。

从常见的文献看，似乎有一种现象，不知是否为常人所认识，就是古代的读书人用以自娱的乐器没有或少见琵琶、胡琴、觱篥、箜篌、古筝等，却有笛与箫。古琴自不必说，它是情操的象征，其传音结构本来也更适合于自弹自赏,因此是读书人自娱乐器的第一配置。那么箫与笛呢?是因为携带方便吗?也许是,不过它们的声音悠扬清远、不俗气,或许还有这个原因吧?

我也曾喜欢吹笛。不仅吹笛,还制笛。当然,与神仙、清贫、忧愤等等一概无关。它是儿时往事,如幽远笛声的那一端,缥缈、烟蒙。

两个少年,手中一截老竹,面前一本旧书,地上几个工具。尺余长短的竹子,打通了关节,只留下顶部一节不通。按一定的尺寸距离,挖凿出吹孔、膜孔、音孔和声孔。何以知道规制?一本不知从哪里得来的书中有指示。孔如何挖凿?有烧红的粗铁钉加上小刀、小锉。再劈开一枝新竹,内壁有一层轻薄细靡的竹膜。揭下吹干,即是笛膜。

一个少年侧身屏气,吹出了这支笛子出世以来的第一声、第一曲。笛声何似?咿呀呜咽,高如惊风过树,低似夜鸦偶啼,却也七音分明。另一个少年接过笛子,也横笛吹起,依然是咿呀呜咽。但是对于两个少年，这笛声却是优美的。暗黄色的笛身，略带焦黑的笛孔，乳白色的笛膜，捧在两个污手垢面的少年手里，就如云翔蓝天、花开雨后那样让人心中充满愉悦，这样的笛子吹出来的声音，难道不也是让人愉悦的吗？

少年带着几支如法炮制的长短粗细不一的竹笛，随着家庭一起迁徙。不论在哪里，竹笛都能给少年带来欢乐，虽然相伴的还有孤独。

可是就像文学作品中的情节，一个知音出现了。

从一个新居的邻家，少年听到了二胡的曲声。犹豫了无数次后，在一个晴朗的周末，少年踌躇地来到一扇窗前。也是一个少年，独坐小凳上，昂首架腿，正拉着二胡。二胡必定不是自己制作的，因此琴音纯正。但是二胡少年似乎对音律节拍把握不准，曲子中有些长拍总是被拉成了短拍，少年虽然有所察觉，反复之下仍无改正。回头一看，目光与窗外的少年相遇。都是明媚的眼睛，一样惊喜的表情。笛子是你吹的吗？二胡少年问。

笛声之外的年华,已经是与儿时时光相隔如万里云山的今天。偶有笛声飘回记忆里,却难以驻足,虽然仍旧有愉悦、孤独和惊喜。

年前回乡探亲,因为只有三夜的驻留,只能在家中陪伴家人。在回京的前夜,接到一个电话。是我啊,当年的二胡少年说道。大家听说你回来了,请你来见见。

来到聚会地,进得门来,只管往热闹处去。大家都怔怔地看着我。怔怔之余,他站起身,我也怔怔地分辨出了他的脸庞。他已是鬓影半稀,而我亦是华发苍颜了。那时,我一定是又想起了执着的二胡错拍。当然,还有咿呀呜咽的笛声。

姜夔有词道:"旧时月色,算几番照我,梅边吹笛。"难道是这笛声,能够留住旧时的年华记忆?

不欺

早些年读宋人故事，有贾黯受教一事，至今难忘。

贾黯是北宋仁宗庆历六年科举考试的状元，邓州人。贾黯在历史上不太有名，主要是因为他去世早，死时才45岁，但是那时他已经官至御史中丞，即负责监察百官的御史台长官，是国家的重臣。如果他多活些年岁，以他勇往直前、不计个人得失的风格，对历史的影响应当会比较大的。

贾黯考中状元后回到邓州，去拜见正在邓州任知州的范仲淹，向他求教。而范仲淹给他的指教就两个字:"不欺。"读到此处,我颇感意外。

　　从时间上推算,贾黯的拜见应当是在范仲淹撰写《岳阳楼记》前后不久,因为那时科举考试的最后一关即皇帝的殿试一般都安排在三月,《岳阳楼记》则完成于当年的九月。范仲淹撰写《岳阳楼记》,其意不是对自己一生的言行、追求做出什么归纳与升华,而是对同样屡受打击的老友滕宗谅的精神鼓励,同时也是对韩琦、富弼、欧阳修等年青一代国家栋梁的期望,这一时期他与几人的书信往来可以印证这一点。在这种背景下,他对贾黯的指教,没有任何《岳阳楼记》的痕迹而只有这"不欺"二字,确实简单了。

　　而贾黯对此二字却牢记在心。他后来说:"我从文正公处得到'不欺'二字的教诲,受益一生。"从贾黯的事迹看,他也确实是如此实践的。举三例为证:

　　贾黯任襄州知州时,把父亲接到任所奉养。贾父在襄州有旧友,于是借着儿子在此处当官的便利,擅自做主派衙役去问候朋友。贾黯得知后,依法责罚这个衙役,打了若干鞭子。贾父一看大怒,甩手回乡去了。贾黯赶忙向朝廷辞职，要回去侍奉老父。可是朝廷不同意他辞职。无奈之下，贾黯弃官回家。这是先忠后孝、先公后私，两相分明。

后来贾黯当了御史中丞，他力荐吕诲担任自己的副手。这个吕诲，曾经在贾黯任京城开封知府时弹劾过他，让贾黯被免职。因此，吕诲对贾黯的推荐极力推辞。贾黯对皇帝说："当年我曾推荐过吕诲，知道他为人正直，后来吕诲弹劾我也不是出于私怨。因此，我能够与吕诲共事。"他的诚恳终于打消了吕诲的顾虑。

英宗继位后，有一次对贾黯说："如今国家缺人才。"贾黯不赞同此话，说："国家不缺人才，就看陛下怎么使用。"随后又上书英宗，提出了选拔使用人才的五个观点，十分有见地。

看贾黯的行事风格，与范仲淹早年坚持真理、直言不讳的风格略近。可见，"不欺"二字，至少在范仲淹看来是《岳阳楼记》所阐述精神的一个直观体现。

中晚唐诗人贾岛曾有一首《不欺》诗，开篇就是："上不欺星辰，下不欺鬼神。"其实这种不欺容易做到。最难做到的不欺，是不自欺。说什么、写什么、做什么,教人什么、任人什么、责人什么,自己都能做到什么吗?如果做不到,至少能想到努力去做吗?如果这些都做不到,那就是自欺和欺人了。而做不到这些,似乎是轻易和普遍的现象。不过于我辈而言,尽量少些主观有意的自欺欺人,则是可能做到的。

因此,"不欺"二字,可不是两个字那样简单。

吉本的智见

英国人爱德华·吉本的《罗马帝国衰亡史》是公认的关于罗马帝国历史的最权威的史学著作之一，并且在西方史学界具有开先河之意义——吉本的历史表述是一种"哲学的历史叙述"而非此前在西方史学界普遍存在的简单的"年鉴式"的事件排列。

所谓的"哲学的历史叙述"，其中并没有非常系统而深刻的哲学思想。《罗马帝国衰亡史》之所以被称为"哲学的"，我理解主要是因为它探索历史规律的初衷，以及从历史事件之外去发现影响历史发展因素的努力。吉本对于写作这一史学巨著的起因有一个十分著名的回顾。他说自己造访罗马城,"经过一夜的辗转难眠,我踏着高昂的脚步,走上罗马广场的废墟。刹那间,每个值得纪念的地点,无论是罗慕路斯站立的地方,或西塞罗演讲的地方,或恺撒被刺倒下的地方,全部映进我的眼帘"。然后他说,"那是在卡皮托神殿废墟中间,我的心中首次出现撰写一部书的想法,这部书在给我愉悦的同时几乎耗费了我生命中的二十年光阴"。这种在今天的我们看来有些接近于刻意"摆拍"的戏剧性描述,表达的是他超越现实的沧海桑田的历史之兴怀。

对历史的兴怀虽然不是中国人的专利和独特爱好,却是一种传统。而对于许多西方人,历史的兴怀远不如对上帝安排一切的顺从。因此,或许是吉本的这个与众不同之处造就了他独特的历史学地位?不过,吉本的历史叙述形式对于他那个时代乃至之后的中国而言虽然有比较和映照之意义,却难言开先河。如果早于他1800多年的司马迁的《史记》较之略嫌思想隐讳

的话，那么早于他700多年的司马光的《资治通鉴》应当也可以看作是一种观点鲜明的"哲学的历史叙述"吧，它们的历史兴怀之感和探索历史兴衰规律的宗旨是相当一致的。

  罗马帝国的历史太重要了，重要到在当今这个时代我们绝不能忘记它或者漠视它，不论是对于活蹦乱跳的罗马帝国的后裔们还是他或他们的近亲远邻们。今天这个世界许多重大的政治、经济和其他一些社会问题，只要跟罗马帝国的后裔们沾边，往往逃不出罗马帝国遗留至今的"气场"。比如说这样一种现象：同样在信仰上以基督教为本源，即便在苏联解体、苏联共产党失去政权之后实行了西方民主制度的俄罗斯，仍然不被美国和绝大多数其他欧洲国家所接纳。又比如说另外一种现象：加拿大可以毫无理由地帮助美国扣押一个中国人，而其他西方国家对这种明显有辱于他们所崇奉的"人权"之类神圣信念的行为予以容忍甚至是直接间接地支持。罗马帝国不仅阴魂不散，还借尸还魂，活得好好的。说它借尸还魂，因为罗马人的罗马帝国早已经死了，死在1000多年前，后来的罗马帝国是"蛮族"的罗马帝国，不过"蛮族"们建立的国家如今已经成为世界上最文明的国家，至少它们是这么深信的。

那么，文明是由什么构成的呢？这就要回到吉本的《罗马帝国衰亡史》上了。吉本所探索的罗马帝国衰亡的原因主要有两个，即政治体制和宗教信仰。当然它们是内因，另外还有一个外因，就是"蛮族"入侵，这里不谈。政治体制和宗教信仰，今天的我们看着它们是不是很眼熟？是的，它们是当今西方国家最自豪的文明象征。不过，吉本对罗马帝国衰亡的这两个作为文明象征的内因，一个是在叹息中怀念，一个却是在痛恨中批判。

怀念的是政治体制，亦即"共和体制"，它是近现代西方国家三权分立的民主制度之滥觞。其实这个体制几乎可以说不属于罗马帝国，而是属于罗马帝国的前身，亦即罗马共和国。罗马帝国的开创者奥古斯都摧毁了共和体制，成为大权独揽的皇帝，他开创的罗马帝国延续了约莫500年,如果以西罗马帝国的灭亡为界限的话;而东罗马帝国在西罗马帝国灭亡之后又继续存在了约1000年。前面的共和体制保佑下的罗马共和国只活了将近500年,而后面的独裁体制的罗马帝国也活了将近500年甚至是1500年,并且帝国的领土也扩张到共和国时期的好几倍,吉本却说这独裁体制下的罗马帝国在建立伊始就埋下了衰亡的祸根,这个逻辑很古怪。这是为什么呢?

再说吉本所批判的宗教信仰。这个宗教信仰不是罗马共和国及更早的罗马时期的多神信仰——多神信仰甚至延续到罗马帝国建立之后的一个相当长的时期,直到基督教成为罗马帝国的国教并且将多神信仰一扫而尽。也就是说,吉本所批判的是基督教。他在对中世纪基督教的殉教制度、神迹和圣徒传说、教阶制度、圣职买卖、赎罪原则以及宗教法庭的迫害等种种丑恶现象做深入的观察之后,针对基督教在思想上欺骗民众、行动上推行宗教恐怖等行为,进行了严厉的揭露和谴责。"据说,仅在尼德兰地区,查理五世的臣民就有十万余人倒在刽子手的屠刀之下！"他甚至否定了基督教的存在意义，虽然他并没有在词语上直接把罗马帝国的衰亡归因于基督教，不像罗马历史学家佐西穆斯明确表述的那样，"基督的胜利即是罗马帝国的死亡"。

吉本对于基督教的批判，让很多人在赞颂他的历史学成就时略显尴尬。以现在的观点看，那时的基督教并非一无是处。基督教成为罗马帝国的国教之前，罗马帝国社会的道德败坏及其他社会问题已经十分严重，因此基督教对道德伦理的重建，无论其理论基础是什么，至少在那个年代是有益于社会的，虽然新道德伦理的制定者和传播者往往暗地里甚至是公开地鸡鸣狗盗。有人说，其实是基督教的存在让罗马帝国苟延残喘到15世纪，我赞同这个说法。可是，以吉本的睿智，为什么如此痛恨基督教？

两个"为什么"，需要从吉本所处的历史年代去考察。

吉本身处的18世纪，是欧洲新的人文思想风起云涌的时代。涌起的风云,被称作"启蒙运动"。伏尔泰、狄德罗、休谟这些启蒙运动的泰斗,是吉本过从甚密的师友辈人物;而事实上,吉本自己就是启蒙运动的健将。

启蒙,就是让人摆脱愚昧、明白事理。都到了18世纪了,再过几十年,如神话般传说的中国都几乎要被自己征服了,还有什么愚昧需要摆脱?答案很简单。愚昧来自对两种现象的容忍、接受甚至推波助澜,它们是:共和体制消亡1000多年后甚至在罗马帝国灭亡之后独裁依旧的政治体制,以及让重建道德伦理的意义相形见绌的宗教思想禁锢和宗教迫害。这仍然是政治体制和宗教信仰问题。《罗马帝国兴衰史》洋洋洒洒300多万字,在字里行间可见的思想,如万丈崖壁下不断渗出的滴水涓流,把它们汇聚在一起,就是对这两个问题的有力批判之洪流。

批判之后怎么办?这时出现了一个很有趣的现象。中国成了理想国般的完美参照物。理想国理想到什么程度?在伏尔泰眼里,中国是一个"哲学王"

治理的国家,中国的皇帝"可能是全国首屈一指的哲学家",中国的集权制政体与欧洲国家的君主独裁有本质的不同,而集权不是独裁,中国的百姓将君主或官吏看作家长一般,君主和各级官吏也以增进人民的福祉为第一义务,等等。这里说的是政治体制。至于宗教信仰和道德,他钦佩中国人对信仰的宽容和道德上的理性。宽容的反面是极端,理性的反面是愚昧,至于极端、愚昧指的是谁,不言而喻。因此,"哲学王"式的政治治理体系和作为家长一般的中国士大夫所秉持的儒家文化精神,在他看来可以作为欧洲社会政治和伦理的榜样。

同样令人尴尬的是,恰恰是在伏尔泰们最赞美中国的时候,中国已经不知不觉地与他们所批判的愚昧的欧洲有些神似,也是重病缠身了。就在东罗马帝国走向灭亡的前后,中国的明朝开始了从有制约的集权向有独裁倾向的集权转变,并在清朝愈为偏执,导致官僚体制的僵化和国家精英治国眼界与能力的削弱;而以儒家思想为核心的信仰体系,在经历了长期的辉煌之后，开始往偏离人性的方向发展，即将成为人人痛恨的精神枷锁。同样是政治体制和精神信仰这两个症结。

还好，学中国，也只是"临渊羡鱼"，说说而已，欧洲人并没有真这么做，真要做起来最终也做不到。只说一点：欧洲根本没有中国那种信仰体系的基础。欧洲人的信仰就是宗教，中国人的信仰却是由精英阶层信奉的理性的信仰和普通大众阶层信奉的宗教、类宗教信仰构成的二元信仰。精英阶层信奉的理性信仰，探求的是人类社会存在与发展的规律，用现在的话说，就是人与人、人与自然和谐的规律，而不是全民一道做上帝的羔羊、顺从上帝的旨意。虽然在发展过程中会出现错谬，但是理性终究会自我纠偏、回归科学。无论先秦时期的诸子百家还是后来独尊的儒家，莫不如此。至于普通大众所信奉的，多神崇拜也好，祖先崇拜也罢，具有相当宽容的选择自由，也截然不同于西方宗教非此即彼的排他性。光这一点，对欧洲人来说就像是奶牛吃不吃竹子的问题，完全不是一个生态体系。

吉本和欧洲启蒙运动的思想家们一定也明白这个道理。他们对于中国政治体制和精神信仰的推崇，其实另有他意，那就是借此推动他们的政治体制和宗教信仰的转变和优化。一个，是把被埋葬千年、偶尔被刨出来又反复被埋葬的共和民主体制彻底挖掘出来，重新洗洗，再修饰、补充、发展、完善，取代让人痛恨的独裁政体；另一个，就是不管用什么手段，必须让基督教向宗教包容的方向转变，向尊重人性、尊重自由、尊重科学的方向转变。这是明智的选择，而转变的成功，造就了罗马帝国之后欧洲的新辉煌，直至现当代。

在欧洲转变的同时，被欧洲启蒙思想家们追捧的中国又怎么样了？我们都知道，中国不太幸运，它继续着政治体制和精神信仰的恶化。极端集权导致的官僚体制的僵化，让国家运转的动力不断下降；同时，精神信仰的极端化，在变本加厉地摧残着人性——想象一下，一个女人让人摸了一下手背可能就要上吊自杀，这样的道德信仰还有人性吗？虽然它没有欧洲中世纪那种神权的黑暗逼迫，其实质却与神权的逼迫没有太大差别。如果从那时眺望未来，是看不到中国会出现一个欧洲那样的启蒙运动的。

当然，中国最终也是幸运的。在彷徨和挫折中度过200年后，中国迎来了中国式的启蒙运动，那就是从辛亥革命、五四运动和新文化运动的探索，到中国共产党的诞生和国家精英阶层的新的觉醒，并且同样实现了政治上和信仰上的优化与转变：政治上从中国式集权向中国式民主转变，精英阶层则坚持了有中国特色的理性信仰——是在勇敢地扬弃传统、继承优秀的同时接纳了在欧洲产生的唯一的理性科学的思想。理性是中国人的生态体系中最强、最大、最有优势的元素。转变给中国带来的成功，虽然晚了点，却更坚实。坚实说的是结果，而不是过程。结果我们都看到了，罗马帝国的后裔们也看到了：在新中国成立后的短短几十年里，中国迅速地发展壮大；至于过程，则始终具有极大的不确定性，存在于中国发展壮大的全过程。

最大的不确定性,是像伏尔泰们曾经经历的仰慕中国的那种现象,不过现在是倒过来了,那就是:要不要把自欧洲启蒙运动开始的对罗马共和国和罗马帝国在政治与信仰的反思和批判、继承与发展,以及后罗马帝国时代以来那种政治与信仰给他们带来的成功,在中国重复、照抄一遍,让大熊猫吃草去?不要以为只有罗马帝国的后裔们想让大熊猫吃草,大熊猫的家里不排除也会有那么一些人。

再回到吉本身上。他写《罗马帝国衰亡史》,批判的是罗马帝国的政治体制,痛恨的是罗马帝国的宗教信仰,可是他又对罗马帝国在这样的政治体制和宗教信仰之下取得的绝世辉煌表现出无比的景仰,并且洋溢于整部《罗马帝国衰亡史》中。不喜欢这只鸡,却挚爱它下的蛋,这种纠结是很折磨人的。

不喜欢这只鸡,那吉本喜欢哪一只?据前面所述可以知道,吉本喜欢的鸡就是,或者说就像是共和时期的罗马,民主的政体而又没有基督教的精神桎梏。没有基督教是不可能的,况且现当代的基督教主流教派已经脱胎换骨，把对民主和科学的尊重推到了它所能达到的极致。要还是不要彻底地接受科学、接受人类社会的根本规律，对于宗教而言是在真理与生存之间做选择，强求宗教放弃它的生命是不现实的，因此我觉得吉本不会再计较这一点了。那么政体呢？吉本难道不知道，即便在罗马共和时期的民主制度下，也早就存在着腐败和政府低效的问题吗？不仅如此，时至今日，经过改良的西方民主制度一步深似一步地讨好、谄媚普通大众，把国家的未来切成一块一块的小蛋羹，来换取民众对现今的精英阶层彼此之间争夺国家权力的支持。剜未来之肉补现时之疮，这不是显而易见的恶果吗？本来就不是多么好的鸡，更下不出什么理想的蛋。

这个在鸡与蛋之间的矛盾，吉本有办法调和吗？没有。如果有，吉本一定会在他的这部伟大著作里大书特书的。罗马帝国后裔们今天的境遇，是不是已经预示着这个矛盾的未来结局？

这样的结果，真让人为吉本感到悲哀。如果我们也以吉本创作《罗马帝国衰亡史》之初所怀有的历史感来看待他的这部巨著，一定会发出深深的中国式慨叹："人世几回伤往事，山形依旧枕寒流。"

吉本喜欢或不喜欢的鸡还有很多，如果从篇幅上看，有些甚至远远超出了对罗马政治体制和宗教信仰的描绘，如正直、勇敢、忠诚，或者是荒淫、残暴、无耻。假设吉本能多活个200来年直到今天，他应该会欣慰地看到，他喜欢的一些鸡繁衍生息得很好，比如说正直——它还延伸到公平、正义的概念，在当今的世界传扬。不过他同时应该也会叹息，因为带着罗马帝国嫡系血统的一些鸡仍然那么不堪入目，比如说无耻——它不仅没有消失，反倒是无耻的方式更加丰富、无耻的手段更为巧妙。至于都有什么表现，在当今的世界上也是显而易见的，不过那是另一个与罗马帝国及其余孽相关的话题，不在此深究。

有句西方谚语，叫作："Even Homer sometimes nods."。它的意思照字面翻译是："即便是荷马也有点头的时候。"荷马是被西方人视作智者的古希腊著名诗人，他的"点头"是出于对过失的懊悔，因此中文把这句谚语译作"智者千虑，必有一失"。不过，点头不一定就是懊悔，也可以是因为哀叹。

智者之叹，无可奈何。吉本亦然。

后记一

其实不堪看

我小时并不喜欢花。少年人没心没肺，所以无忧无虑，那时的我眼里没有花。青年时期，有了很多憧憬和专注，比如说爱情、事业、兴趣爱好，却仍然看不见花，也许是我心智成熟较晚的缘故吧。是在离开家乡多年之后，当爱情成了家庭，事业成了工作，兴趣爱好成了社会，且相互间浸润久了，于是产生了复杂的心绪，突然就看见花了，似乎先是从公园里的花开始，接着是路边的、身边的、家乡的、荒野的。又过了许久，不仅看花，还看看花的人，然后看自己的时候也多了起来。近些年，在我眼里花就不一定是花了，也不必是花，有时看什么都是花。

这是我现时的况味。这本散文集，就是如此心境况味下的看花心情，其中有许多是想留给自己在今后回味的，好让自己想起自己。也不必等今后，我现在就不时地读些自己写的东西，读着就有些恍惚甚至是惊讶。有时我想，人是不是都要等到回望时才知道自己的人生其实是滋味丰富的呢？

相比我的第一本散文集，如今的心情少了很多愉悦和激怀，当然也并不沉郁；不过我担心，再过若干年，自己写的东西可能会暮气沉沉、索然无味。

就如今这个时节，看花最好。